어느 날 뒤바뀐 삶, 설명서는 없음

어느 날 뒤바뀐 삶, 설명서는 없음

1판 1쇄 인쇄 2022. 5. 10.
1판 1쇄 발행 2022. 5. 18.

지은이 게일 콜드웰
옮긴이 이윤정

발행인 고세규
편집 길은수 디자인 지은혜 마케팅 김새로미 홍보 반재서
발행처 김영사
등록 1979년 5월 17일 (제406-2003-036호)
주소 경기도 파주시 문발로 197(문발동) 우편번호 10881
전화 마케팅부 031)955-3100, 편집부 031)955-3200 | 팩스 031)955-3111

값은 뒤표지에 있습니다.
ISBN 978-89-349-6185-7 03840

홈페이지 www.gimmyoung.com   블로그 blog.naver.com/gybook
인스타그램 instragram.com/gimmyoung 이메일 bestbook@gimmyoung.com

좋은 독자가 좋은 책을 만듭니다.
김영사는 독자 여러분의 의견에 항상 귀 기울이고 있습니다.

어느 날 뒤바뀐 삶, 설명서는 없음

게일 콜드웰
이윤정 옮김

김영사

일러두기

• 본문의 각주는 옮긴이 주입니다.

• 도량 단위는 독자들이 이해하기 쉽도록 미터법에 따릅니다. 길이는 미터, 질량은 그램, 온도는 섭씨를 기본 단위로 하되, 환산 값이 긴 경우 근사치로 표기합니다.

딕 채이신 Dick Chasin 에게

◦ **한국판 서문** ◦

《어느 날 뒤바뀐 삶, 설명서는 없음》의 집필을 시작하던 10여 년 전, 나는 예순 살을 앞두고 있었다. 당시 요정들이 득실대는 들판처럼 활기가 넘치며 고집이 센 어린 썰매견을 기르고 있었는데, 매일 아침이면 오늘 하루를 잘 넘길 수나 있을지 걱정하면서도 어떤 일들이 날 기다리고 있을까, 하는 기대와 기쁨으로 충만했다.

최근 새로 사귄 친구가 《어느 날 뒤바뀐 삶, 설명서는 없음》을 이제야 읽어본다면서 문자를 보냈다. 덕분에 그 시절을 떠올린 나는 빠르게 답문을 보냈고, 통명스러운 내 문자에 나도 놀랐다. "그때만큼만 희망적이면 얼마나 좋겠어."

친구의 답문도 꽤 신속하게 왔다. "지평선 너머의 희망을 바라보려면 힘들고 막막해. 제 발끝을 보며 가는 게 제일 좋지."

힘들고 막막하다니, 과연 그렇다. 지금의 세상은 내가 태어난 해인 1951년보다, 심지어 이 책을 쓰기 시작했던 10여 년 전보다 훨씬 더 무서워졌다. 더는 재앙이 새롭지도 않다. 어떻게 보면 역사란 역병과 기근, 전쟁과 개인적 번민 그리고 부당함에 스스로 덤벼든 사회의 기록이기도 하다. 디지털 혁명 때문에 이제는 모든 종말론적 진동이 실시간으로 전 세계에 전달된다. 요하네스버그와 프라하에서 나비 한 마리가 죽으면 온 숲이 몸을 떤다. 어떨 때는 마치 지구라는 모함母艦이 자신이 태우고 다니던 인간들에게 공격받는 것처럼 느껴진다.

《어느 날 뒤바뀐 삶, 설명서는 없음》에서는 유아기에 소아마비에 걸린 뒤 다리를 약간 절며 살아온 나의 이야기가 서사의 중심축을 이룬다. 내 삶의 일부에 관해 쓰려다 보니 작가라면 응당 그러하듯 지나온 삶에 관해 생각해야 했고, 그러면서 나의 관점은 확장되었다. 결말을 이미 아는 혹은 안다고 믿었던 이야기를 어떻게 써야 할지 고민하는 과정에서 이야기는 결말 자체를 재구성했다. 이제 나는 이 이야기가 슬프다고 생각하지 않으며, 오히려 인간적으로 보인다. 헌신적인 어머니와 완고한 어린 소녀 그리고 과거의 그늘에서 벗어나겠다는 의지로 이뤄진 이야기니까. 내 나이가 다섯 살일 때 나온 소아마비 백신은, 비록 수십 년이 걸리긴 했어도 병의 뿌리를 뽑았다. 소아마비와 그것이 초래한 손상은 세상을 무수한 방식으로 바꾸어놓았고, 의학과 재활 분야의 급성장에 새로운 길을 열었다.

역사는 가혹한 스승이다. 우리는 현재의 고충이 내일을 어떻게 조각할지 예견하지 못한다. 늘 그래왔듯 고통과 희망이 공존하는 세상에서 살아가야만 한다. 물론 고통과 희망의 정도가 동등하지는 않다. 지난 몇 년간 우리는 수많은 방식으로 힘들었는데, 내게 있어 최악은 개인적인 절망감이었다. 그래도 보잘것없는 징후와 장면이 하루를 조금이나마 고양하기도 한다. 가령 늦겨울 홀로 선 묘목, 반짝이는 강물 위에 홀로 떠 있는 작은 배의 기억 같은 것들. 그것들은 우리가 혼자가 아니라는 사실을 상기시키며, 아픔이 보편적이기에 빛으로 향하는 본능 역시 보편적이란 사실을 기억하게 해준다.

나는 러시아의 우크라이나 침공 뉴스가 의식에 포탄을 퍼붓는 와중에 한국의 독자들에게 서문을 띄운다. 내가 이 책을 통해 희망에 관한 무언가를 이야기하고자 했다면, 이제 행동으로 옮겨진 희망이 용기임을 반드시 덧붙여야만 하리라. 우크라이나에서 자유를 위해 싸우는 용감무쌍한 사람들과 러시아에서 푸틴의 전쟁에 항의하는 사람들이야말로 살아 숨 쉬는 용기다.

그러니, 발끝도 보고 저 멀리도 보자. 나는 발끝을 보며 나아가자면서도 앞을 내다보고, 오늘을 넘어선 무언가를, 더 다정하고 덜 무서운 무언가를 믿자고 스스로 되뇐다. 우리는 발을 헛디디지 않도록 조심하면서 서로를 향해 자신을 내던져야 한다.

우리의 이야기는 부메랑과 같아서 이야기하는 사람과 듣는 사람 모두에게 영향을 준다. 여러분에게 보낼 서문을 쓰는 동안 나의 하루는 더 밝아졌다. 그곳에서 이 글을 읽어줄 분들에게 감사의 마음을 전한다.

2022년 봄
게일 콜드웰

이 책을 펼쳐 든 독자 중 많은 이들이 《먼길로 돌아갈
까?》를 이미 읽었을 것이고, 그중 대다수는 캐럴라인
냅의 저작 《개와 나》《드링킹, 그 치명적 유혹》《명랑한
은둔자》《욕구들》 중 한두 권을 먼저 접했을 가능성이
크다. 물론, 2020년에 출간된 《반짝거리고 소중한 것
들》을 통해 게일 콜드웰이라는 작가를 처음 알게 된 나
와 내 이웃 같은 독자도 있다. 나는 우연히 그 책의 번
역을 맡았다가 게일의 글과 삶에 매료되었고 중고서점
을 뒤져 당시 절판되었던 《먼길로 돌아갈까?》를 구해
읽었다. 이후 캐럴라인의 책들도 한 권씩 찾아보며 두
사람의 발자취를 따라가던 중, 아직 한국어로 출간되

지 않았던 바로 이 책《어느 날 뒤바뀐 삶, 설명서는 없음》을 국내 독자들에게 소개하게 되었다.

게일 콜드웰은 캐럴라인 냅이 마흔둘의 나이에 폐암으로 목숨을 잃기 몇 달 전에 완성한《욕구들》원고가 책으로 출간될 때 서문을 썼다.《명랑한 은둔자》와 《개와 나》에는 '그레이스'라는 친구로 여러 차례 등장한 바 있는데, 이 책의 원서를 검토한 뒤 다시 펼친《개와 나》에서 발견한 어느 문장이《어느 날 뒤바뀐 삶, 설명서는 없음》의 예고편처럼 다가왔던 기억이 난다. "그레이스는 보기 드문 지성과 이해력을 지닌 여자였다. (…) 일주일 단위로 내 영혼에 유대감과 웃음 주사를 맞는 것 같았다. 우리는 같은 길 위에 서서 똑같이 이 세상을 혼자 헤쳐가면서, 의미 있고 진실한 길을 찾아가려고 노력한다."[1] 말하자면,《어느 날 뒤바뀐 삶, 설명서는 없음》은 게일 콜드웰의 유년 시절까지 거슬러 올라가 그가 왜 '그레이스Grace'라는 별명으로 불렸는지를 밝히는 기록이자, "세상을 혼자 헤쳐가"는 독자 개개인의 영혼이 길을 잃지 않도록 영양 주사를 놓아주는 경험과 통찰의 처방이다.

[1]   캐럴라인 냅,《개와 나》232p, 나무처럼.

게일 콜드웰은 1951년 텍사스 팬핸들Panhandle의 조그마한 도시인 애머릴로Amarillo에서 태어나 서부 영화에 나올 법한 황량한 들판을 배경으로 성장했다. 불과 생후 6개월 때 여름마다 대유행하던 소아마비 바이러스에 감염되었고, 두 살이 지나도록 기어 다니다가 겨우 걷게 되었을 때부터는 계속 오른쪽 다리를 절었다. 타고난 기질 때문인지 아니면 후천적인 좌절 탓인지 그는 반항적인 청소년으로 성장했고, 그러는 동안 신체적인 제약은 그를 문학에 몰두하게 했다.

텍사스대학교에서 미국학 석사 학위를 받기까지의 과정에서도 온갖 방황을 겪다가 "여성운동은 어디서도 찾을 수 없었던 나 자신을 찾게 해줬다. 여성운동이 빠진 나의 삶을 상상하고 싶지 않다"[2]라고 고백할 만큼 여성운동에 깊숙이 발을 들여놓은 게일은 자신의 목소리를 담은 글을 쓰는 작가가 되겠다는 일념 하나로 서른 살, 남서부 오스틴Austin을 떠나 미 대륙의 거의 절반에 이르는 거리만큼이나 분위기가 낯설었을 북동부의 보스턴으로 향했다. 마침내 문학평론가가 되어 〈보스턴글로브〉 등의 여러 매체에 기고하던 그는 2001년

2   게일 콜드웰, 《반짝거리고 소중한 것들》 93p, 유노북스.

동시대의 삶과 문학에 관한 통찰력 있는 비평으로 퓰리처상도 받았다. 그렇게 남부럽지 않은 성취를 거머쥐며 인정받는 중에도 짧은 자기 소개란에는 늘 "작가, 텍사스에서 성장, 소아마비로 약간 절뚝거림"이라고 쓸 만큼 소아마비는 평생 그를 규정하는 정체성이었고, 아주 당연한 삶의 일부였다.

게일이 마흔네 살 때 여러 공통점(독신 작가, 알코올중독, 반려견 등) 덕에 급속도로 가까워져 친밀히 교류했던 캐럴라인 냅과는 서로 '명랑한 은둔자' '쾌활한 우울증 환자'라고 부르며 반려견을 데리고 네 시간씩 산책하고, 수영하고, 조정을 했다. 그렇게 7년이라는 짧지 않은 시간 동안 단짝이었던 두 사람은 게일이 70대, 캐럴라인이 60대가 되어도 서른세 살이 된 두 반려견을 데리고 함께 산책을 하자며 말도 안 되는 약속을 했다. 하지만 그토록 찬란한 시절을 함께 했던 친구가 갑작스레 세상을 떠나면서 게일은 혼자 남았다. 이후 6년에 걸쳐 부모님과 반려견 클레멘타인까지도 모두 떠나보내야만 했던 그는 "희망 없는 애도" 속에서 "장례의 행렬과 함께 퇴장"이라는 셰익스피어의 희곡 지문을 되뇌며 다 내려놓고 싶다 해도 이상할 게 없는 상실의 고통을 통과했다.

그래서일까? 게일 버전의 '개와 나'이자 '질병과 나'이기도 한 이 작품은 애당초부터 삶이 우리에게 무언가를 약속한 적이 없다고 선포해 간담을 서늘하게 한다. 그러나 때로는 진솔하고도 선선한 바람을 일으켜 인생의 민낯을 마주하고 막막해하는 이들의 숨통을 틔운다. 자리를 털고 일어나자며 손을 잡아끌기도 한다. 최근 몇 년간 어려운 시기를 지나왔고, 여전히 현재진행형인 불안 가운데 놓인 우리에겐 장황한 고생담을 늘어놓지 않고서도 깊은 통찰과 적확한 언어로 인생 이야기를 이토록 낱낱이 들려줄 누군가가 필요했다. 시대적 불운과 역사적 흐름 속에서 온갖 어려움을 겪었음에도, 훈계한다거나 가책을 느끼게 하지 않고 오히려 요즘 세상은 사는 게 더 힘들다고 위로해줄 누군가가 필요했다.

저자가 한국판 서문에서 밝혔듯, 이 책에서 중심축을 이루는 서사는 유아기에 소아마비에 걸린 저자가 다리를 절며 살아온 이야기다. 하지만 이 이야기는 '아팠지만 포기하지 않고 꾸준히 재활했더니 결국엔 회복되더라'라며 성공을 회고하는 질병 극복기가 아니다.

오히려 중년이 지난 시점에도 다시금 예기치 못한 기회가 찾아올 수 있으며, 그 기회란 그림자가 드리워 항상 우중충하고 서늘하던 곳에 도사리고 있을지도 모른다는 것. 그러니 혹여 어느 순간 원치 않는 고립에 내몰려 포기하고 싶더라도 발끝을 보고 하루 한 발짝이라도 나아가자는, 어느 소설의 제목처럼 "별것 아닌 것 같지만 도움이 되는"[3] 걸 자기 자신에게 그리고 서로에게 해보자는 설득이자 권유다. 자기 돌봄과 선한 사람들의 연대가 간절한 현시점에, 우리가 어떤 방식과 방향으로 움직여야 할지 게일은 이웃, 반려견들과의 유대를 통해서도 잘 보여준다.

항상 느끼지만, 번역을 위해 원문을 꼼꼼히 뜯어 읽다 보면 글이 지닌 힘은 실로 엄청나다는 점이 더욱 절실히 와닿는다. 흰 바탕에 얹은 검은색 점획일 뿐이지만 온갖 화음이나 형형색색을 자랑하는 음악이나 미술 작품만큼이나 강력하게 사람의 마음을 움켜쥐고 붙들고 놓아주지 않기도 하니까 말이다. 이 책의 번역을 마무리하기까지의 과정에서 나는 이따금 매끄럽고 내구

---

3   레이먼드 카버의 소설집 《대성당》에 수록된 단편소설 제목.

성 좋은 부메랑이 되어 저자와 독자 사이의 허공을 부지런히 오가는 상상을 했다. 그 과정에서 내가 제 기능을 했길 바라며, 그렇게 옮겨진 글이 독자들의 가슴팍 언저리에 고인 어떤 액체에 조금이라도 파동을 일으키길 바란다. 파동을 감지했다면 그냥 지나치지 말고 가만히 들여다보면 더 좋을 것이다. 바로 그런 측정 불가한 물리력이 우리를 어딘가로 움직이게 하지 않을까. 마지막으로, 《어느 날 뒤바뀐 삶, 설명서는 없음》으로 게일의 글을 처음 접하는 독자들이 많아진다면 더할 나위 없이 기쁘겠다.

"어제로 돌아가는 건 아무 소용 없어.
그때의 나는 다른 사람이니까."
_루이스 캐럴,《이상한 나라의 앨리스》에서

루르드Lourdes와 파티마Fátima[1]를 찾아간 순례자들의 마음을 곰곰이 생각해본다. 은혜로 충만해져 이제 걸을 수 있다고 느꼈을 사람들. 그 충만함은 발을 내딛으며 느낀 순전한 황홀경이었을까? 아니면 의구심이 희망으로, 그다음 기쁨으로 변하는 데서 오는 점진적인 감각이었을까? 그들은 머뭇거렸을까? 아마 약간의 의심이 일었으리라. "좋아, 이제 다시 걸을 수 있어. 하지

---

1   루르드는 프랑스 남서부에, 파티마는 포르투갈 중부에 위치한 소도시다. 성모 마리아가 발현한 가톨릭 성지로, 매년 많은 순례자가 찾는다.

만 혹시 모르니 목발은 갖고 있어야지……' 은혜든 환각이든, 그 경험은 순례자들에게 미미한 용기일지언정 무언가를 안겨주었다. 진짜 과제가 닥친 시기는 분명 그 이후였을 것이다. 그들이 자신에게 일어난 일을 온전히 받아들인 이후 말이다. 기적이 일어났고, 뒤바뀐 인생에 설명서는 없었다.

1

2011년, 케임브리지

세상이 달라졌다고 처음 감지한 건 개들이 바닥에 바싹 붙어 보였을 때였다. 그 순간에는 '잘못 봤겠거니' 하고 대수롭지 않게 넘겼다. 내가 목발을 짚은 탓에 몸을 숙여 녀석들을 쓰다듬을 수 없으니 더 멀어 보이는 게 당연했다. 그때 친구 한 명이 찾아왔다. 지금껏 키가 크다고 늘 생각했던, 매력적인 여성이었다. 거실에서 내 맞은편에 선 그 친구를 보며 나는 행복에 찬 미소를 지었다. 그러고는 생각했다. '틴크Tink의 키가 작잖아! 그동안 전혀 몰랐는데.'

실제로 나와 키가 거의 비슷한 그를 이리저리 올려다보곤 했었다. 나는 지난 5일간 집을 떠나 뉴잉글랜드 침례병원New England Baptist Hospital에서 관절 재건 수술을 받았다. 새 고관절을 삽입한 결과, 오른쪽 다리가 전보다 약 1.6센티미터가량 길어졌다. 수치만으로는 대단치 않게 느껴질 수도 있지만, 그렇게 치면 원주율 π도 아무런 설명 없이는 큰 의미를 지니지 않는다. 수술을 받은 뒤 길어진 한쪽 고관절 덕분에 내 키는 약 5센티미터나 커졌다. 한쪽 고관절이 길어졌고 더는 통증 때문에 몸을 굽히지 않아도 되었다. 새로 삽입한 고관절은 내가 내 다리로 나아가게 하는 장비가 되어주었고, 측정 불가한 무언가도 안겨주었다. 그것은 땅에 닿을 수 있는 능력이자 생애 처음으로 똑바로 걸을 기회였다.

수술을 받고 초기에는 마치 신체적 자아가 우주에 뜨기라도 한 듯 방향감각이 극적으로 달라진 느낌이었다. 거리의 나무와 자동차 그리고 표지판이 더 가깝게 느껴졌고 전과 달리 모든 것이 손에 닿을 것만 같았다. 이런 신경 적응[2]에 관여하는 세포들의 노력이 느껴질 정도였다. 특히 야외에서는 발을 앞으로 내딛는 단순한 동작을 할 때도 시각적으로 혼란스러워 휘청거린

---

[2] 처음엔 낯선 자극이었어도 반복되면 점차 적응하는 현상이다.

다음 수용의 단계에 이르렀다. 빠르고 면밀하게 일어난 이 과정을 충분히 이해하자 모든 것이 변했다.

내가 느낀 단순 어지럼증은 '뇌의 발레'였다. 뇌가 시공간을 아우르는 민첩한 안무가가 된 듯 느끼는 현상이 일시적으로 나타났다. 몇 주가 지나자 나는 길어진 다리와 커진 키에 적응했다. 신체는 완벽한 설계 재주를 지니고 있어서, 인지하지 못한 채 맞닥뜨린 상황에도 적응한다. 그러나 수술받은 뒤 며칠 그리고 몇 주간 물리적 세계에서 내가 춘 춤은 더 크고, 더 오래 이어질 무언가의 전조였다. 이듬해 내가 배우고 또 배워야만 했던 것은, 삶은 나름대로 작용하며 앞으로 나아가려는 고유한 움직임과 의지에 따라 흘러간다는 사실이었고, 이 모든 것은 자신의 바람이나 의도보다 거대하다는 개념이었다. 딜런 토머스Dylan Thomas는 그 힘을 "푸른 도화선 속으로 꽃을 몰아가는 힘"³이라고 불렀다. 무엇보다도, 한때 일어난 빌어먹을 모든 일이 꼭 자유 낙하일 필요는 없다.

나는 생후 6개월에 소아마비에 걸렸다. 1951년이었

---

3   시 〈푸른 도화선 속으로 꽃을 몰아가는 힘이The force that through the green fuse drives the flower〉의 한 구절이다.

고, 백신이 개발되기 전 미국에서 거의 마지막으로 소아마비 증상이 전염병으로 확산될 때였다. 신경세포를 파괴해 전신 혹은 신체 일부를 영구 마비시키는 바이러스가 내 오른쪽 다리에 영향을 미쳐서 두 돌이 지나도록 걷지 못했다. 그러나 우리 가족이 받은 타격은 비교적 미미했다. 집에 소아마비 구제 운동에서 제공하는 목발이나 철제 폐Iron lung[4]는 없었다. 그저 눈에 잘 띄지 않을 정도로 절름거리는 한쪽 다리만 있을 뿐이었다. 분명 중요하지만 가장 중요한 사항은 아니었던 질병을 나는 아주 오래도록 나 자신을 간략히 소개할 때마다 언급했다. 작가, 텍사스에서 성장, 소아마비로 약간 절뚝거림. 소아마비가 나를 싸움꾼으로 만들었다고 평생 말하며 살아왔다. 소아마비 때문에 필사적으로 강해져야만 했다고. 대부분은 여전히 사실이다. 하지만 지난 몇 년간 어린 반려견을 기르는 기쁨과 더불어 부담을 느끼며 이전에는 없던 통증과 절뚝거림을 경험했다. 이해하기 힘들 정도로 악화된 상태는 앞길에 놓인 두려움 위로 패배의 장막을 드리웠다. 마치 이 질병의 후유증이 다시 모습을 드러낸 듯했다. 마을을 결

4   과거 소아마비 환자가 사용했던 일종의 인공호흡기다.

코 떠난 적 없는 스토커처럼, 음해한 유령처럼 말이다.

그러던 중 의사의 진단으로 약 15년 전쯤 찍었어야 했던 기본적인 엑스레이 촬영을 했고, 내 골반을 지탱하는 받침대가 '폐뼈 집적소'와 다름없다는 사실을 알게 되었다. 아무리 내 다리가 소아마비와 타협하며 견뎌왔대도, 받쳐주는 구조물이 없으면 근육이 제 역할을 할 수 없다. 의사는 이 상태로 그동안 걸어다녔다는 사실 자체를 믿기 어렵다고 말했고, 최근 악화된 상태의 상당 부분을 현대 의학에서 가장 흔한 수술로 해결할 수 있다고도 했다. 수술한 다리가 재활을 통해 얼마나 강해질 수 있을지를 비롯한 나머지는 내게 달려 있을 터였다.

중년에 이르러 이야기가 달리 전개된다면 당신은 어떻게 하겠는가? 스스로 당연하게 여기며 되뇌던 이야기가 알고 보니 진실이 아니었고 세상 보는 각도를 약간 기울였다면 말이다. 마치 기차를 타고 가다 엉뚱한 역에서 내린 모습과 같다. 우연이든 은혜든, 낯선 장소에 내린 당신은 달라진 거 없이 그대로일지라도 계속 앞으로 나아갈 기지를 발휘해야 한다.

지금껏 고질적이고도 실존적인 문제라 여겼던 통증

과 병약함을 바로잡을 최첨단 의학 기술이 내 앞에 놓여 있었다는 사실을 알게 되자, 시각이 근본적으로 바뀌었다. 달라진 시선은 미래를 열었고 과거에 엷은 색을 입혔다. 늘 그렇듯 예상치 못한 일이 일어나면 어제의 영향력은 무장해제되지 않는가. 서구의 스토아 사상은 무엇이든지 정신력에 달렸다고 하지만, 신체가 건강함을 선언하기 전까지 정신은 건강함이라는 개념을 제대로 파악하지 못한다. 통증이나 절박한 집중력 없이 언젠가 제대로 걸을 수 있다는 개념은 내게 생소했고 믿음의 도약을 필요로 했다. 나는 수술 뒤 몇 달이 지나도록, 내 오른발이 뇌의 허락을 구하지 않고 계단을 오르는 모습을 보기 전까지, 제대로 걸을 수 있다는 사실을 믿지 못했다. 내 오랜 이야기에 새로운 장이 펼쳐졌고, 완전히 다른 세계가 열렸다.

삶이 재정비되며 사랑 이야기도 시작되었다. 서로가 보내는 애정 신호를 놓치고 엉덩방아도 찧으며 인간과 반려견 사이에서 키워간 사랑 이야기 말이다. 다리가 넷 달린 나의 '보즈웰Boswell'[5]은 '툴라Tula'라는 이름의 사모예드로, 아름답고 성미가 급하며 용감무쌍한 심장과 트랙터 같은 강인함을 지닌 썰매견이다. 녀석에게 맞추려고 내 허약한 몸뚱이로 중년의 운동선수를 흉내 내다보니, 내 문제가 처음으로 드러났다. 삶을 향해 거칠게 내달리던 튤라는, 자신의 뒤를 절뚝이며 따르는 내가 혼자서는 갈 수 없을 장소로 이끄는 목동의 신성한 막대 역할을 해주었다.

튤라는 내가 넘어지고 일어나고 다시 걷고자 시도할 때 옆에 있어주었다. 그 덕분에 나는 녀석이 바라보는 세상에 그대로 집중할 수 있었다. 개는 현재 시제인 민첩성을 지녀, 어제의 나쁜 소식을 대수롭지 않게 여긴다. 앞으로 돌진하고 좋은 결과를 기대하도록 타고났으며, 기대하는 만큼 미래를 빚어낸다. 튤라가 없었다면 나는 통찰과 육체의 변화라는 협곡으로 휘청거리며 걸어 들어오지 못했을 것이다.

한밤중에 열이 거의 38도까지 오르고 심장이 마구 뛰어 병원에 전화했더니, 의사가 "환자분의 몸은 충격

---

5   영국의 변호사이자 전기 작가인 제임스 보즈웰James Boswell은 절친한 사이이자 자신이 추종했던 새뮤얼 존슨Samuel Johnson이 죽은 뒤《새뮤얼 존슨전The Life of Samuel Johnson》을 썼다. 저자는 튤라와의 관계를 보즈웰과 존슨의 친밀한 관계에 빗대어 표현했다.

적인 경험을 하고 있어요"라고 말했다. "아주 세심하게 통제되는 충격이지만, 그래도 충격은 충격이죠." 퇴원하고 집에서 맞는 첫 번째 밤이었고 수술을 받은 지 며칠이 지난 시점이었는데, 열이 오르거나 호흡이 가빠지면 병원에 연락하라는 안내를 퇴원할 때 받은 터였다. 전화를 받은 의사는 졸린 듯한 목소리였으나 내 말에 귀를 기울이는 게 느껴졌다. 나는 그날 낮에 퇴원했다고 말하며 혈압, 적혈구 수치, 산소 농도 그리고 수혈 기록 등 모든 바이탈 체크 결과를 말해주었다.

"굉장히 명료하고 또렷하시네요." 의사가 말했다. "그 수치가 지금 당장 환자분께 큰 의미는 없지만, 저한테는 상당히 중요하거든요." 그는 내가 감염으로 인해 극심한 고열이나 정신 혼미에 시달리는 상태가 아니라는 점을 일깨워주었다. "이상 증상 때문에 몹시 괴롭겠지만 위험한 건 아니에요. 모든 증상이 완전히 정상 범주 내로 보이거든요." 내가 말했다. "다르게 말하면, 불도저 한 대가 방금 막 내게 달려들었는데, 불도저 운전기사는 자기가 지금 뭐하는지 다 알고 있다는 거죠?" "정확하시네요!" 그의 대답에 우리 둘은 웃었고, 둘 다 아니면 나 혼자만일지도 모르지만, 다시 잠자리로 돌아갔다.

입원했을 때 물리치료를 받으며 앞으로 6주 동안 쓸 목발을 어떻게 다루는지 배웠다. 퇴원할 무렵 우리 집에는 지인과 그들이 챙겨온 음식이 가득했고, 군대 매점처럼 없는 게 없이 다 준비되어 있었다. 그러나 퇴원한 뒤 처음 문을 열고 집에 들어섰을 때, 눈에 들어온 것은 내 앞에 놓인 장애물 코스뿐이었다. 모든 계단과 의자, 모퉁이와 비좁은 복도까지. 인간됨의 가장 기본 요소만 갖춘 상태로 집에 돌아온 나는 당분간 완전히 물리적인 세계에서 지내야 했다. 진통제로 통증이 흐릿해진다 한들, 나는 통증에 반응하는 오감의 집합체 그 이상도, 이하도 아니었다. 나의 우주가 되어버린 통증은 끔찍하다 못해 온 마음을 빼앗아갔다. 영원한 듯 느껴졌지만 아마 일주일인가, 그보다 짧은 시간 동안 오로지 통증의 명령에 따라 살아야만 했다.

"이 수술을 받고 후회하는 경우도 있나요?" 다음 날 아침, 우리 집을 방문한 물리치료사에게 비교적 쾌활하게 물었다. 하지만 사실 나는 무척이나 진지했다. 망가진 듯한 기분이었다. 더 구체적으로 표현하자면, 나 자신을 망가지게 내버려둔 건 아닌가 싶어 심란했다. 지독하고 진저리 나는 일은 이미 일어났고, 결코 회복할 수 없을지도 모른다는 생각이 들었다.

물리치료사는 기운차고 정중한 태도로 주저 없이 대답했다. "오, 그럼요!" 그의 대답에 움찔했다. 그러자 물리치료사가 덧붙였다. "지금 환자분이 겪는 과정을 대부분 겪어요. 이 터널만 지나면 다들 수술 덕분에 인생이 바뀌었다고 말하죠."

"그 터널이 얼마나 긴데요?" 내가 물었다.

"약 6개월 정도?"

"그럼 그중에 가장 끔찍한 구간은 어느 정도 되나요?" 나는 다시 물었다.

그러자 물리치료사가 잠시 생각에 잠겼다가 답했다. "대략 4주 정도예요."

'좋아.' 나는 생각했다. '아무리 끔찍한들 인생이 바뀐다는데, 4주 정도는 견딜 수 있다.'

소아마비를 짊어지고 성장한 나의 내력과 이에 대응해 엄마가 보여주었던 불굴의 용기 그리고 거칠게 엄포를 놓던 아빠의 충실함 덕분에, 나는 이야기를 모으고 과거와 현재를 이어붙여 모든 과정을 이해하고 싶어졌다. 내 경험만으로는 인류가 겪은 소아마비의 대서사시를 조금도 표현할 수 없다. 하지만 나라도 쓰지 않으면 개개인의 서사가 사회적 직조물의 한 가닥이 되어 잊힐 위험에 처한다. 서구 선진국에서 소아마비를 직접 경험한 증인들은 이제 중년에 접어들거나 더 나이를 먹어버렸으니까.

무엇보다 나는 희망과 희망의 부재 그리고 어떻게든 살아가는 법에 관해 말하고 싶어 이 책을 썼다. 다시금 내게 주어진 한 차례 기회에 관해서 그리고 기회는 당신이 가파른 내리막으로 가려고 할 때조차 불순물 가운데서 부유하고 있다는 사실을 알리기 위해서. 이야기는 언제든 예상과 다르게 흐를 수 있는 법이다.

희망이 내 주특기는 아니지만, 희망의 물리적 형태가 추진력이라면 나는 그걸 지녔다. 아직도 바닥을 기어다니던 어릴 적 모습을 꿈으로 꾸고, 급속한 물살과 같은 투지와 함께 앞으로 나아가는 온전한 감각으로 몸을 들썩인다. 이건 누군가가 절망을 떨치는 방법이다. 꿈에서라도 몸을 움직일 수 있다면 괜찮다. 그래서 말하고 싶다. 때론 물리적인 힘만 남았을지라도 충분하다고. 뉴턴의 이론에 의하면, 그 힘만 있어도 당신은 결국 어딘가에 다다를 것이다. 희망과 움직임은 미적분 관계다.

아인슈타인이 상대성 이론으로 모든 것을 바꿔놓은

뒤, "빛의 속도보다 느린"이라는 광범하고도 정밀한 과학적 표현이 생겼다. 바로 내가 그런 사람이다. 그게 보통 세계의 속도이며, 나는 그 세계를 취할 것이다.

2

1950년대 중반 텍사스 팬핸들, 어느 겨울날의 기억이다. 나보다 두 살 많은 언니 팸Pam은 학교에 가고 없었으니 아마 난 네 살쯤이었을 것이다. 애머릴로에 자리한 조그만 집 안, 카펫이 깔린 거실 바닥에 엄마와 내가 나란히 누워 있었다. 우리는 잠옷 위에 가운을 두른 채난로 가까이서 온기를 쬐며 벽에 두 발을 대고 위아래로 움직였다. 발 운동을 하며 바라본 옅은 녹색의 거실 벽지와 짙은 나무색 현관이 여전히 눈에 선하다. 통증이 있었는지는 잘 기억나지 않지만, 어린아이가 느낀 육체적 좌절감이 온전히 떠오르는 걸 보면 아팠던 것 같다. 발 운동을 반복하는 게 이내 지루해진 나는 불평하기 시작했다. 엄마는 영락없이 "아가, 조금만 더 해 보자"라고 말했다. "여기 보렴, 엄마도 같이할게." 그렇게 발을 벽에 대고 위아래로 걷는 듯 움직이는 연습을 했고, 다리를 들어 올리고 발가락을 꼿꼿이 세우다가, 헛된 시도이긴 했어도 몸을 일으켜 엄마의 허리를 잡고 발뒤꿈치로 걸어보려 애썼다.

날마다 이렇게 운동한 기억은 시간 순서대로 차곡차곡 쌓였다기보단 분위기 정도만 남아 있다고 할 만큼 성글다. 하지만 유년의 기억에서 가장 중요한 순간이다. 수십 년이 흐른 뒤, 우리가 거실 바닥에서 얼마나 긴 시간을 함께 보냈는지 아냐고 엄마에게 물었다. "매일 두 시간 정도 했던 거 같은데? 3~4년 정도 말이야." 엄마가 대답했다.

1954년에 실시된 소크백신Salk Vaccine[6]의 임상 시기인 1951년 여름, 소아마비에 걸린 수십만 명 중 한 명이던 나는 마지막 피해자 물결의 일부였다. 전 국민

---

6   1953년 미국의 의학자 조너스 소크Jonas Salk 박사가 개발한 소아마비 백신으로, 소크 박사는 수조 원에 이를 수 있는 이익을 포기하고 특허를 신청하지 않았다. 그 결과 대규모 접종이 이루어져 소아마비를 예방하게 되었고, 각국에서 '소아마비 종식'을 선언할 정도로 발병률이 확연히 줄어들었다.

이 공황 상태에 빠져 공공 수영장은 문을 닫았고, 부모는 눈에 보이지도 않는 적에게서 아이를 보호하기 위해 정신을 바짝 차렸다. 소아마비 바이러스는 전염성이 몹시 강하고 중추신경계에 영향을 미쳤다. 감염되면 증상은 미열로 그칠 수도 있지만, 사망에 이를 만큼 치명상을 입는 경우도 있었다. 물론 이 바이러스가 영구적인 근육 손상이나 마비를 야기할 수도 있지만, 대다수 감염자는 완전히 회복했다.

나의 경우, 수년간 오진을 받을 정도로 증상이 미미했다. "그냥 열이 많이 났었지"라고 엄마는 회고했다. "계속 지켜보려고 거실에 누비이불을 깔고 널 눕혔어. 너는 그저 가만히 누워 있었는데, 너무 작고 연약했단다." 피로감이나 근육 경련, 기운 처짐, 고꾸라짐 등의 증상이 뚜렷하게 나타나기엔 너무 어렸다. 조금 더 컸더라면 증상이 더 눈에 띄었을 테지. 알고 보니 그 증상은 모두 소아마비라는 질병의 신호였다. 의사들은 내가 수주 동안 40도 넘게 열이 오르자, 심각한 바이러스에 감염되었다고 짐작했다. 마침내 열이 내리자 그 누구도 다른 가능성을 더 이상 고민하지 않았다. 내가 걷기 전까지는 그랬다.

그런데 나는 걷지를 않았다. 그 후로도 2년 동안 기

어다녔다. 1950년대 애머릴로에는 최첨단 장비를 갖춘 병원이 없었고, 소아과 의사는 엄마에게 "걸을 때가 되면 걷겠죠"라고 말했다. 엄마는 내가 자라는 동안, 특히 내가 성인이 되어 그동안 무슨 일이 있었는지, 당시 해볼 수 있는 게 더 없었는지 궁금해할 때마다 늘 이이야기를 들려주었다. "네가 거실에 있는 커피 탁자를 잡고는 온몸을 끌어올려 일어나려고 했었어. 그러다가 카펫에 철퍼덕 주저앉았고, 잠시 앉아 있다가 다시 커피 탁자를 잡았지." 이 이야기를 할 때면 엄마의 목소리에서 애석함과 애정이 동시에 묻어났다. 자신이 사랑하는 어린아이의 노력과 반복된 실패를 모두 기억한다는 듯이.

1953년 봄, 엄마는 간단한 수술을 받기 위해 병원에 입원했고, 엄마의 언니인 도러시Dorothy가 팸과 나를 돌봐주러 왔다. "도러시가 말하더구나. '네가 병원에서 나오는 날엔 게일이 걷는 모습을 보게 해줄게'라고." 엄마는 그때를 떠올리며 몇 초간 생각에 잠겼다. "그런데 결국 그 모습을 보지 못했어." 엄마의 회상에는 경쟁심의 흔적이 남아 있었다. 아이에게 제일 중요한 사람이 누군데, 이모라는 사람이 내 아이가 걷는 모습을 제일 먼저 보겠다니. 엄마는 자신이 집을 비운 동안 도

러시 이모가 내 첫 걸음마를 목격하는 걸 참을 수 없었으리라.

　50년도 더 지난 지금도 자리에서 일어나 버티려고 했던 당시의 기억이 강렬해 놀라곤 한다. 기억의 일부는 시각적이다. 내게서 결코 멀어지는 법이 없던 카펫의 색깔, 바닥에 앉아서 바라보던 거실 풍경 그리고 스스로 몸을 일으켰을 때 확장하던 세상 모습 같은 것들. 이 모든 게 엄마의 이야기를 들으며 상상한 것이 아닌, 진짜 내 기억이라고 믿을 수밖에 없다. 기억은 대부분 내 몸의 범위를 넘어선 물리적인 감각이다. 질량을 거스르며 몸을 들어 올리는 힘의 느낌. 늘 승리하는 쪽은 질량이다. 어린 내가 느꼈을 슬픔보다 지금 내가 느끼는 슬픔이 더 크다. 움직임으로 세상을 돌파하기 전까지 아이의 세상은 유한하기 때문이다. 경험해보지 않은 걸 상상할 수는 없다. 내 어린 심신이 스스로 해내야만 한다는 사실을 온전히 받아들이기라도 했던 것처럼, 그때의 일이 고독하게 느껴진다. 그리고 추진력과 한계의 충돌도 혼란스러웠던 것 같다. 사람의 몸은 단계를 따라 감각이 발달하여 때가 되면 일어서도록 설계되어 있다. 보통 유아는 생후 1년에서 1년 반 사이에 걷기 시작한다. 그 시점에 아이의 환경은 가능성으로

확장된다. 뇌와 심장은 손에 닿는 모든 걸 잡을 준비를
한다.

나는 처음 발을 내딛던 순간 혹은 기는 행위에서 걷
는 행위로 넘어갈 때 자각한 변화를 기억하진 못한다.
생후 2년 하고도 6개월이 지나고서야 걸었다. 꼿꼿이
일어서서 더 높은 세계로 향할 때 휘청거림이 고통스
러웠는지, 전율이 흘렀는지 아니면 이도 저도 아니었
는지 잘 모르겠다. 그러나 일단 일어선 다음에 걷는 방
법을 찾아냈다. 드라마 시리즈 〈건스모크Gunsmoke〉의
주인공 체스터Chester[7]처럼, 아팠던 오른쪽 다리를 앞으
로 휙 던지고 그 다리를 주축으로 삼아 튼튼한 왼쪽 다
리를 앞으로 내밀었다. 근육의 기억을 저장한 내 다리
는 의식하든 하지 않든 피곤할 때면 아직도 그렇게 걷
는다.

선머슴 같던 우리 언니는 늘 가만히 있지 못하고 내
주변을 맴돌았다. 그 모습이 멋져 보였는지, 나는 언니와
함께하고 싶어서 기꺼이 언니의 조수처럼 굴었다. 절뚝

---

[7]   1950~1960년대에 방영한 미국의 인기 서부극 〈건스모크〉에서
배우 데니스 위버Dennis Weaver가 연기한 역할로, 다리를 절뚝이
는 인물로 묘사되었다.

거리며 뒤처지던 나는 언니의 보행 능력이 부러웠다.

"소아마비에 대해서 뭐 기억나는 거 없어?" 최근 언니에게 물었다. "전혀." 언니는 아무런 망설임 없이 대답했다. 그러더니 잠깐 생각에 잠겼다가 이렇게 말했다. "그냥 늘 거기 있는 거였지, 공기처럼 말이야." 그 대답만으로도 내가 간직하던 기억은 더욱 선명해졌다. 멀쩡한 환자가 병상에 누운 다른 환자의 상태를 더 잘 알아보듯, 언니는 내가 인지한 것과는 다른 현실을 보았다.

나는 나를 제약하는 힘의 작용을 잘 인지하듯, 스스로 숙달한 것도 또렷이 기억한다. 네 살쯤엔가, 수영을 배웠다. 수영에 너무 푹 빠진 탓에 부모님이 나를 수영장에서 강제로 끄집어낼 정도였다. 팬핸들에서는 4월부터 8월까지 야외 수영이 가능해서, 여름만 되면 일주일에 네다섯 번씩 엄마는 우리를 차에 태우고 웨스턴 리비에라Western Riviera 수영 클럽에 갔다. 수영장은 소독약 냄새가 진동했지만, 한가롭고 볕이 내리쬐는 완벽한 장소였다. 몇 센트를 걸고 언니와 다이빙 대결을 할 때면 물속에서 숨을 하도 오래 참아 안전 요원들을 긴장시키곤 했다.

수년간 인어가 되는 환상을 품었다. 깊은 바닷속 궁궐에서 유유히 헤엄치는 내 모습을 상상하며. 그리고 수중 발레를 하던 모습도 기억난다. 어찌나 행복에 겨운 기억인지, 오랜 시간이 지나도 수중 발레를 떠올리면 몸이 반응한다. 내가 몸을 뒤집고, 두 팔을 펼치고, 발로 물을 찰 때 다른 여자애들이 완벽한 (혹은 그렇게 보이는) 조화를 이루며 나의 주변을 둘러쌌다. 물속에는 조명이 켜져 있었다. 밤 공연이었던가, 조그만 여자애들이 물속에서 무용 공연을 펼쳤던가? 당시는 할리우드 배우인 에스터 윌리엄스Esther Williams[8]의 시대였다. 턱 아래로 끈을 묶는 수영 모자를 쓰고 눈부신 미소를 짓던 윌리엄스는 꽃잎 같은 행렬을 이룬 다른 수영 배우들이 군기가 깃든 우아함을 선보이며 몸을 펼칠 때 카메라를 향해 과장된 표정을 지었다. 나의 기억은 아마 그렇게 하고팠던 상상과 섞였을지도 모른다. 언니는 못 해도 나는 할 수 있던 게 바로 수중 보행이었다. 감미롭고 무한한 도피처였던 물속에서는 나의 두

8   미국 수영선수이자 배우이다. 10대이던 1930년대에 미국 전역의 수영 대회에서 다수의 기록을 세웠으며, 제2차 세계대전으로 1940년 헬싱키올림픽이 무산되자 여러 수상쇼에 참가하고 배우로 활동하였다.

다리가 평등했고, 균형이 의무 사항이 아니었으며, 잔인한 땅이나 중력이 나를 가로막지 못했다. 물속에서 넘어지는 건 불가능하다.

먼 길을 가려면 허세도 부리고 엄포도 놓을 줄 알아야 한다고 아빠는 늘 말했다. 어릴 때 나는 못하는 게 많았다. 자전거 타기, 줄넘기, 달리기, 소프트볼, 농구. 더 중요한 건, 내가 별로 개의치 않았다는 사실이다. 부모님이 내게 똑바로 두발자전거 타는 방법을 가르치길 그만뒀을 때 얼마나 안도했는지 모른다. 그 문이 닫히자 다른 통로가 모습을 드러냈다. 나는 잠자리에 들 시간이 한참 지나서도 장롱 안에서 손전등을 켜고 책을 읽었다. 아빠가 신문의 주식 지면에 푹 빠져 있을 때면 어깨너머로 분수分數에 대해서 배웠다. 아빠와 애머릴로 외곽에 있는 너른 들판에 가서 비둘기나 메추라기를 사냥하기도 했고, 텍사스만의 어랜서스Aransas 항구 부둣가에서 낚시를 하기도 했다. 내가 네 살 때였나, 우리 가족이 콜로라도Colorado로 여행을 떠난 여름날의 사진이 남아 있다. 사진 속에서 가족 모두 말에 올라타 환하게 웃는데, 나만 거대한 말 위에서 겁먹은 얼굴로 안장을 꼭 움켜쥐고 킹콩에 붙잡힌 소녀처럼 웅크리고 있다.

소아마비에 대한 나쁜 기억 대부분은 나를 담당한 어느 정형외과 의사와 연관이 있다. 수염을 기른 그 의사는 냉랭하고 불친절했고, 나는 그를 악마라고 생각했다. 그는 나를 쿡쿡 찌르면서 채근했고, 내가 두 돌이 되어도 걷지 않자 게을러서 그렇다고 했단다. 어느 시점엔가 그는 내게 아주 무거운 기형 교정용 신발을 신겼다. 꽉 조이는 옥스퍼드화에 진절머리가 나서 학교에 도착하자마자 벗어서 사물함에 넣고, 몰래 숨겨둔 어여쁜 구두로 갈아 신었다. 마지막으로 그 의사를 봤던 때가 여덟아홉 살 때쯤이었던가. 다리의 반사 반응을 테스트한다고 전용 망치로 너무 거칠게 내 무릎을 치기에, 나는 다리가 튀어 오를 때 일부러 그의 턱을 차 버렸다. 이례적인 일이었다. 사춘기 이전에 꽤 순한 편이면서도 고집이 셌던 나는 그 의사를 보는 게 지긋지긋했다.

소아마비의 심리적 영향도 있겠거니와, 좋든 나쁘든 살아오는 동안 내내 길러진 거친 페르소나에 굴복한 측면도 없지 않았다. 솔직히 말해 체육 수업에서 육상 경기를 할 때면 다리가 마음처럼 움직이지 않아서 끔찍한 무기력감을 느꼈고, 가능한 한 몸을 많이 안 써도 되는 경로를 최대한 여럿 만들어내려고 고군분투했다. 어떤 짓을 해서라도 실패를 피하려고 했다.

나는 1960년대 초, 타이틀 나인Title IX[9]이 제정되기 이전에 청소년이 되었다. 당시 여학생이 운동선수인 경우, 무시당하거나 심지어 볼품없다고 여겨졌다. 어떻게 하다보니 나의 회복력과 신체 유형은 내게 출구를 마련해주었다. 나는 매년 10센티미터씩 자라서 키는 멀쑥한데 약간 구부정한 여학생이었다. 친구들이 치어리더 선발전에 나갈 때, 학생 의회 선거에 출마했고, 그 애들이 축구장에서 몸으로 피라미드를 쌓고 공중제비를 돌 때, 나는 수학 책에 파묻혀 있거나 고등학교 졸업 앨범의 편집을 맡았다. 학교에서 뉴멕시코New Mexico의 루이도소Ruidoso로 스키 여행을 떠난 적이 있었는데, 내가 초보자용 슬로프에 발을 내딛자마자 고꾸라졌다. 남학생들은 그런 나더러 우아하다며 '그레이스'라고 불렀다. 그들이 장난스럽게 알랑거리며 부른 그 별명은 학창 시절 내내 나를 따라다녔다.

인생의 청사진이 대부분 그러하듯, 나의 내면은 지

---

9   1972년 미국에서 제정된 교육법의 일부로, 체육을 비롯한 교육
     활동에서 성차별을 없애는 방안을 담고 있다.

난날과 공모해 불완전하고 복합적인 인간을 창조했다. 어정쩡하지만 다리는 긴, 운동은 못하지만 오락부장인, 똑똑하지만 반항적인 인간. 교실에서 나는 자주 투덜거렸고 주차장에서 담배를 피웠다. 사춘기의 전형적인 저항이었지만 정도가 심했다. 마치 축사에서 탈출하려 버둥거리는, 반쯤 절뚝이는 말 같았다. 좌절하고 불안해하며 열망에 들끓다 미쳐버린. 어린 시절의 무기력이 분노와 투지로 뒤바뀌었고 절망과 의지는 치열한 경주를 벌였다.

그리고 어딘가에 항상 엄마가 있었다. 엄마는 거실 바닥에서 내 옆을 지키던 단호한 코치였다. 어느새 일흔 살을 훌쩍 넘긴 그 여인은, 내가 고향에 내려가 집 근처 수영장에 갈 때마다 따라나섰다. 그러고는 관람석에 자리를 잡고 30분이든 한 시간이든, 내가 20대부터 줄곧 즐겨온 대로 수영장 끝에서 끝으로 헤엄치는 모습을 지켜보았다. 팬핸들에는 인구가 많지 않아 수영장에 가면 보통 나 혼자뿐이었다. 엄마는 단 한 명의 관중으로, 책이나 잡지를 들여다보지도 않았다. 내가 턴을 한 뒤 물 위로 얼굴을 내밀고 엄마 쪽으로 손을 흔들면 엄마는 나를 향해 웃어주었다. 다 자란 딸이 조용한 수영장에서 미끄러지듯 물속으로 들어가 팔다리를 저으며 이쪽저쪽으로 유유히 헤엄치는 모습만큼 마음을 사로잡는 건 없다는 듯한 표정으로 말이다. 용감무쌍하고 바싹 마른 우리 엄마. 엄마가 돌아가시고 수년이 지난 뒤에도 이 장면은 엄마에 관해 가장 좋아하는 기억으로 남아 있다.

3

부모님 두 분 모두 텍사스 동부의 농장 출신이라 동물을 잘 다루었다. 해마다 부활절이면 1950년대 텍사스에서는 병아리와 새끼 오리를 잡는 행사가 열렸다. 부활절 1~2주 전부터 원예용품점에서 연두색, 분홍색, 보라색으로 솜털을 물들인 알록달록한 병아리를 팔았는데, 우리 엄마와 아빠는 인위적인 모습이 싫었는지 갓 부화한 새끼 오리 두세 마리를 데려와 햇살 가득한 마당에 풀어놓고 꽥꽥, 짹짹거리며 돌아다니게 두었다.

　어느 해에는 새끼 오리 두 마리에게 '와들링턴Wadl-ington'과 '꽥꽥Quack Quack'이라고 이름을 붙여줬고, 네댓 살쯤이던 언니는 그때 일방적인 사랑의 위험성을 일찍 배웠다. 나는 그때 그 사건으로 중요하고도 정확한 교훈을 얻었다.

언니는 와들링턴이 아빠만 주인으로 알고 졸졸 따라다니자 억울해했다. 같이 놀고 싶은데 오리가 관심을 주지 않자 언니는 뒷문 층층대 옆으로 와들링턴을 휙 던지다시피 했고, 와들링턴의 한쪽 다리가 부러졌다.

거칠었지만 침착했던 아빠는 평소보다 더 사려 깊게 대처했다. 우선 속상하고 후회스러워서 어찌할 바를 모르는 언니를 달랬다. 그러고는 딸이 저지른 실수를 수습했다. 아이스크림 막대와 거즈 뭉치를 가져와 와들링턴 다리에 부목을 대고 종이 상자로 회복실도 만들었다. 그렇게 언니와 아빠는 몇 주 동안 와들링턴을 보살폈다. 다친 다리가 다 낫자 와들링턴을 차에 태워 애머릴로 시내 근처에 위치한 메모리 가든스Memory Gardens 묘지공원에 있는 연못으로 데려가 놓아주었다. 와들링턴은 다른 오리들과 함께 물 위를 미끄러지듯 헤엄쳐갔다. 땅 위에서는 늘 약간씩 절룩거리던 녀석이, 연못 수면에서는 완전히 다 나은 듯 다른 오리들과 다름없어 보였다. 우리는 그 뒤 수년 동안 와들링턴을 보러 묘지공원에 가곤 했다.

아주 오랜 시간 동안 이 일화를 아빠의 다정한 면을 발견한 사건 정도로 단순하게 여겼다. 수십 년이 지나고 아빠가 돌아가신 뒤에야, 나는 이 일로 인해 내 안에 정서적 틀이 형성되었음을 깨달았다.

소아마비가 내 신체에 남긴 흔적에도 불구하고 아빠는 항상 아무 일도 일어나지 않은 것처럼 행동했다. 아빠는 전 생애에 걸쳐 내 다리에 이상이 있다는 사실을 받아들이지 않았고, 내 의지가 실패하지 않는 한 그 어떤 것도 나를 막을 수 없다고 믿었다. 그 심정을 온전히 이해하기 전에는 아빠의 태도에 화가 치밀었다. 아빠는 내 신체가 손상당했다는 사실 자체를 견디지 못했다. 멋들어진 염소 가죽 카우보이 부츠를 사다놓고 내가 텍사스에 갈 때마다 가죽용 약으로 닦곤 했다. 관절염으로 손가락이 너무 아파 닦을 수 없을 때까지 계속 그랬다. 여든다섯 살에 이르러 보행 보조기를 밀고 다니던 아빠는 내가 넘어진 아빠를 언제든 거뜬히 일으켜 세울 만큼 건장하다고 여겼다. 나보다 덩치가 두 배나 컸으면서도.

살면서 의구심으로 고통받을 때도, 심지어 사춘기의 혼돈이 몰아쳤을 때조차도, 나를 향한 아빠의 사랑을 절대로 의심하지 않았다. 아빠는 내가 세상을 항해하도록 부목을 대주진 못했지만 대신 늘 진심으로 믿어주었다. 아빠가 나의 힘을 믿어준 덕에 세상을 향해 나아갈 수 있었다.

와들링턴 일화를 떠올릴 때마다 눈 내린 뉴잉글랜드New England의 미끄러운 보도블록에서 넘어지지 않으려 애쓰던, 그나마 안정적으로 머물 수 있었던 수영장이나 연못에서 조금만 더 헤엄치려 아등바등하던 어린 내 모습이 떠오른다. 아빠는 무뚝뚝함 속에 따뜻한 정을 감추고 있었지만 불합리하다고 느낄 정도로 고집스러웠고, 그날 와들링턴을 구하고 딸들을 키울 때처럼 완강하기도 했다. 와들링턴이 다쳤다가 다시 일어서는 과정에서 드러난 일련의 사건으로 나는 흔들리지 않는 지침 두 가지를 얻었다. 그것은 바로, 우리 아빠는 상황이 얼마나 나쁘든지 간에 더 나은 방향으로 바로잡을 수 있는 분이라는 것. 그리고 연약한 다리를 가진 생명체도 앞으로 나아갈 수 있고, 연못에서 헤엄치며 평범한 삶을 살아갈 수 있다는 사실이었다.

4

유년 시절의 판타지를 이뤘다 한들 판타지 본연의 순수성은 퇴색되기 마련이다. 우주 비행사라는 꿈도 고학년 때 수학과 천체물리학을 배우기 전까지나 멋지게 느껴진다. 하지만 내가 가장 오래 간직해온 판타지는 끝끝내 탄환이 뚫지 못할 만큼 굳건했다. 그 판타지는 바로 나이 들면서 덩치가 커지는 흰 개와 함께하는 생활이었는데, 성인이 되어 정말 하얀 개가 내 곁에 나타났고 꿈꾸던 어린 시절만큼이나 삶이 풍요로워졌다.

나는 세 살 때 어딜 가든 새하얀 강아지 인형을 데리고 다녔다. 바비 인형 같은 건 아예 거들떠보지도 않았고, 동물에 대한 관심은 인형에서 곧장 책으로 넘어가《아기 사슴 플랙The Yearling》과《야성의 부름The Call of the Wild》《스위스 로빈슨 가족의 모험The Swiss Family Robinson》에 푹 빠져 지냈다. 집에 있는 백과사전을 펼쳐 웨스트 하이랜드 화이트 테리어West Highland White Terrier부터 그레이트 피레네Great Pyrenee 까지 흰 개가 잔뜩 그려진 페이지를 닳을 정도로 세심히 관찰했다. 열한 살이 되던 해에 갖게 된《사모예드를 기르고 훈련하는 법How to Raise and Train a Samoyed》이라는 제목의 문고판 성배聖盃를 지금도 잘 보관하고 있다. 당시 펫숍에 갔다가 발견한 책인데, 엄마를 졸라 결국 손에 넣었다. 사모예드를 한 번도 본 적이 없었는데도, 털이 길고 추운 북부지방에 사는 썰매견을 기르기에 무더운 서부 텍사스는 적합하지 않은 곳이었지만, 상관없었다. 미래란 몹시 흐릿했지만, 흰 개가 내 옆에 서 있는 미래의 모습을 마음속에 늘 그렸다. 흰 개는 존재하기도 전에 내 안에서 꽃봉오리가 되었다.

튤라는 나의 두 번째 사모예드다. 2008년 여름, 나와 함께 비행기를 타고 온 녀석은 생후 9주가 지나약 5킬로그램이 된 사랑스러운 골칫덩어리로, 볼티모어Baltimore 공항의 보안대를 통과할 때부터 매력을 뽐

어냈다. 나의 첫 반려견인 사모예드 클레멘타인을 떠나보낸 지 몇 달이 흐른 뒤였다. 13년 동안 내 삶에 감미로운 자유를 선사해준 클레멘타인 덕분에 나는 평생 개와 함께 살겠노라 다짐했다.

클레멘타인의 죽음은 6년간 이어진 고통스러운 상실에 마침표를 찍었다. 2002년, 가장 소중한 벗 캐럴라인[10]이 마흔둘의 나이에 폐암으로 죽었다. 한 해 뒤에는 아빠가 돌아가셨다. 내 삶의 풍경에 자리하던 거대한 참나무가 쓰러졌다. 그리고 아흔하나의 연세에도 기지와 위용을 자랑하며 굳건히 자리를 지키던 엄마는 2006년, 내 품에서 잠들었다.

그 뒤 2년간 내 마음은 마치 폭격을 맞은 마을과 같았다. 클레멘타인은 내 곁에 머물며 그 마을을 정찰해주었다. 클레멘타인도 나이가 들어 쇠약해지고 있었으므로, 나는 녀석과 함께한 추억과 앞으로 다가올 날에 집착하며 예기 애도[11] 상태로 살았다. 클레멘타인마저

---

[10] 《명랑한 은둔자》의 저자 캐럴라인 냅을 말한다.

[11] 상실이 임박했을 때 생기는 애도 반응이다. 흔히 시한부를 선고받은 가족에게서 나타난다. 또한 상실을 직접 경험하지 않았음에도 비탄에 잠기는 상태도 뜻한다.

떠나버리자, 나는 폭격의 잔해 속에 드러누워 그냥 가만히 있고 싶었다.

물론 우리는 다시 일어난다. 경탄할 만한 일이다. 잔혹한 대규모 전시 상황에서도, 개인적인 비극 속에서도, 흔하디흔한 고통 속에서도, 절뚝이며 앞으로 걸어가 가게에 가고, 신에게 말을 걸고, 구근을 사고, 다시 나무 심는 방법을 찾는다.

나는 일련의 죽음으로 인해 주먹으로 계속 맞기만 한 게 아니라 다시 빚어졌음을 느꼈다. 이제 어둠과, 희망의 현실주의 버전인 인내 사이에 있는 결정적인 교차로에서 아슬아슬하게 균형을 잡게 되었다. 상실을 마주하며 취하는 모든 자세, 이를테면 걷거나 교향곡을 듣고 작곡하는 행위 등은 분명 죽음을 감추기 위한 속임수이거나 상실감의 일시적인 유예처럼 보였고, 나는 너무도 슬픈 나머지 그렇게 통찰할 투지도 거의 남아 있지 않았다. 친구들에게 그런 내 상태를 설명하려 애쓰던 모습이 떠오른다. 친구들은 공감해주면서도 공허한 우려가 담긴 미소를 보냈다. 마치 걱정은 되지만, 내가 발을 디딘 숲을 마음속에 그리지는 못한다는 듯이. 나는 절망을 일반화하려던 게 아니었고, 그렇다고 우울하단 뜻도 아니었으며, 그저 당시 내가 속한 세상의 색채를 설명하고 싶었을 뿐이었다. 내면에서 오가는 대화는 셰익스피어 희곡에 있을 만한 지문처럼 느껴졌다. "장례의 행렬과 함께 퇴장Exeunt, with a dead march."[12] 희망 없는 애도는 황량함이라고 어느 날 심리치료사가 내게 말했다. 그 말이 옳다는 것도, 내가 그 상태에서 기어나와 어떻게든 계속 걸어나갈 방법을 찾아야 한다는 것도 알았다. 내겐 삶을 뒤바꿀 만한 난폭한 기적이 필요했다.

한 마리 강아지에게 비탄의 산사태에 깔린 한 인간을 구조하고 날마다 앞을 보고 나아갈 필요성을 입증하라고 요구하는 건 무리다. 지금까지 만나본 개들 중 가장 자신감 넘치는 튤라마저도 그 임무 앞에서는 멈칫했을 것이다.

절망이 내 판단력을 얼마나 흐렸는지 이제야 깨닫는다. 나는 비탄에 잠겼고, 상심한 상태를 가능한 한 빨리 고치려 결심했으며, 어떻게든 상처를 지지려고 했다. 그 과정을 가장 고집이 센 (힘도 센) 종의 강아지와 함께하려고 한 건 신중하지 않은 결정이었을지도 모른다.

---

12   셰익스피어의 희곡 〈리어왕〉 5막 3장 끝에 나오는 지문이다.

틀라를 처음 데려온 그해 여름, 앞으로 수년간 내 신체 상태가 얼마나 악화될지 전혀 내다보지 못했다. 하지만 그 누구도 굽은 길을 돌면 뭐가 나올지 알지 못한다. 의식의 달콤한 면이자 한계다. 그렇지 않다면 우리는 무력감에 마비되거나, 무모함으로 죽고 말 것이다. 앞으로 다가올 일을 다 안다면 아무도 집 밖에 나가려 하지 않거나, 삶을 내려놓고자 차를 끌고 온갖 낭떠러지를 다 찾아가거나, 온갖 걱정에 휩싸여 정신이 나가버릴 것이다. 미래를 들여다보는 것은 얼마나 괴물 같은 일인가.

나의 경우엔, 미래를 미리 알았다 한들 달라질 건 조금도 없었을 것이다. 아마 더욱 박차를 가하지 않았을까 싶다.

클레멘타인이 죽고 몇 달 뒤, 온라인에서 사육자breeder를 검색하고, 그들이 올린 사모예드 사진을 보면서 내 심장을 다시 뛰게 할 강아지를 찾으려 애썼다. 사모예드 대신 보더 콜리Border Collie는 어떨지 고민하기도 했는데, 마치 데이트 상대로 카우보이 대신 파일럿을 고르는 것 같았다. 나는 대부분 시간에 클레멘타인이 지난 몇 년간 드러누워 있던 뒷마당 현관에 앉아 있거나, 아득한 슬픔에 잠겨 집 안 여기저기를 돌아다녔다. 새하얀 라마를 뒷마당에 들이지 않아서 그나마 다행인지도.

나의 생각은 가슴이 원하는 쪽으로 향했다. 1990년 대 후반, 뉴잉글랜드에서 최대 규모인 도그쇼를 정기적으로 관람하며 민첩성과 순종 경연, 외모와 골격 심사를 관심 있게 보곤 했다. 보통 그런 행사에 다녀온 뒤엔 털이 마구 헝클어진 클레멘타인에게 도그쇼에 나가기 위해 외모를 가꾸는 시련을 피해서 얼마나 다행이냐고 놀리듯 말하곤 했다.

어느 겨울날, 도그쇼에서 본 한 수컷 사모예드에게서 눈을 뗄 수가 없었다. 그 친구는 링에 올라갈 차례를 기다리며 높은 단상에서 쉬고 있었다. 그 모습이 어찌나 위풍당당하고 차분하던지, 사모예드라는 견종의 표본을 보는 듯했다. 12달러를 내고 참관한 나는 녀석이 어디 출신인지를 알아냈고, 담당 사육자가 여성이며 롱아일랜드Long Island에 거주한다는 사실도 알아냈다. 그때가 1997년, 당시 클레멘타인은 두 살이었다. 롱아일랜드에서 보스턴까지 꽤 먼 거리여서 훗날 사모예드를 분양받을 때 이 여성을 찾아가야겠다고 생각했던 게 지금도 기억난다.

위풍당당한 사모예드는 트레비스라는 친구였는데 (품종 족보에는 "Am/Can Ch. Sanorka's Moonlite Trip t'Ren J BISS"로 등록되어 있다) 11년이 흐른 뒤, 나는 전국 견종 클럽 웹사이트에서 그 사육자를 찾아냈다. 그는 거의 50년 동안 사모예드를 길러왔으며, 최근에는 펜실베이니아Pennsylvania 외곽으로 거처를 옮겼다고 했다. 나는 도그쇼에서 트레비스를 본 기억을 비롯해 그동안 사모예드와 함께한 경험을 작성하고, 해변에서 클레멘타인과 함께 찍은 사진뿐만 아니라 수의사와 개 훈련사가 작성한 추천서까지 첨부해서 그 사육자에게 메일로 보냈다. 분양 절차를 알고 있었기에 그가 온갖 질문을 하기 전에 먼저 깊은 인상을 남기고 싶었다.

재니스Janice는 구식이었다. 그와 처음으로 통화한 날, 내게 개를 권하지 않는 모습에 바로 알 수 있었다. 사모예드에 관해 무엇을 아는지, 어떻게 아는지, 내가 지나칠 정도로 꼬치꼬치 캐묻자 재니스는 아주 단순하게 "음, 그거야 오랫동안 키워봤으니 알죠"라고 답했다. 그는 1, 2년에 걸쳐 단 한 번만 개를 분양했는데, 마침 뜻밖의 행운으로 암컷 네 마리와 수컷 세 마리가 태어난 지 일주일 뒤에 내가 연락한 셈이었다. 재니스는 분양 가능한 암컷이 한 마리이며, 다른 한 마리는 도그 쇼를 위해 자신이 기를 예정이라고 했다. 재니스의 사 육장은 내가 사는 곳에서 800킬로미터 넘게 떨어진 곳 에 있었는데, 그는 개를 비행기에 태우지 않겠다고 말 했다. 나는 스스로 제정신이 아니라고 느끼다가도, 약 10년이란 세월 동안 마음 한편에 이 여인을 기억해왔 다는 사실을 상기했다. 그래서 나는, 재니스의 표현을 빌리자면, 그 암컷 강아지를 찜하기 위해 재빨리 수표 를 보냈다.

강아지가 불과 생후 6주밖에 안 되었을 때, 내가 맞 이할 존재를 보기 위해 직접 찾아갔다. 앞으로 2~3주 정도 더 지나 강아지가 새로운 집에 갈 준비가 되어야 만 데려올 수 있다는 사실을 알았지만, 그래도 내 강아 지는 기내용 케이지에 못 들어갈 정도로 자라진 않을 거라고 생각했다. 비행기로 볼티모어에 간 다음, 차를 빌려 펜실베이니아 동부의 심하게 굴곡진 도로를 지 나 오래된 전쟁 사적과 군사 묘지를 방문했다. 게티즈 버그Gettysburg 중앙 광장에 있는 호텔을 미리 예약해두 었기에, 그곳에서 저녁을 먹은 뒤 루프탑에 있는 실외 수영장에서 야간 수영을 했다. 별이 빛나는 밤하늘 아래 누워 내 인생에 대한 생각에 잠겼다. 나는 쉰일곱 살이었다. 케임브리지의 꾸불꾸불한 골목 안에 있는 오래된 집에 사는 사람이었다. 약간 유감스러운 일이지만 놀랍게도 결혼하고픈 사람을 한 명도 만나지 못했다. 내가 사랑했던 많은 생명체가 나를 떠나갔다. 다른 이들은 50대가 기막히게 멋지다고 요란하게들 떠들어 댔지만, 나의 50대는 온통 슬픔과 인고로 채워졌다. 아침에 기지개를 켜면 중년의 신음이 흘러나오고, 거울을 들여다보면 이제 막 나이 먹기 시작한 우리 아빠의 얼굴이 있었다. 맙소사, 내가 어쩌다 여기까지 온 걸까요?

나이 듦은 평범할 뿐 심오한 현상이 아니라는 사실을 깨닫는 순간, 고요하고도 심오한 감각이 인다. 나이든 모든 이의 내면에는 아직 나이 들지 않은 자아가 짜증스러운 말투로 '내가 어쩌다 여기까지 왔지?'라고 묻고 있다. 한때 미식축구 수비수로 거칠게 몸을 날리던 이는 이제 노인이 되어 길을 건너는 데도 누군가의 도움이 필요할 테고, 식료품점에서 오렌지 두 개를 고른 여든다섯 살 할머니는 한때 무용수로 혹은 변호사로 활약했거나, 어린 자녀들을 머리 위로 번쩍 들어 올릴 만큼 힘이 셌을 것이다. 이런 사실을 아는 건 꽤 유용하다.

미래를 보는 눈이 확장될 뿐만 아니라 시간의 통치 앞에서 겸손해진다.

더 중요한 건, 계산대 앞에서 난처해하는 노인을 봤을 때 그의 영혼을 바라볼 수 있다는 점이다. 50대가 되면 지도에 그려진 모든 모퉁이를 볼 수 있는데, 아마도 살면서 처음 경험하는 일일 것이다. 여전히 지도를 그려나가겠지만, 마침내 어떻게 그려갈지 알게 된다.

나는 안다. 어떤 길이 내 앞에 놓여 있대도, 절뚝거리며 앞으로 나아갈 때 내 옆에 사모예드가 함께 있기를 원한다는 것을. 아니, 오히려 썰매견이라는 사실을 감안하면 사모예드가 앞에서 나를 이끌어주면 좋겠다.

이때껏 내가 무엇이든 감당할 수 있다고 믿을 만한 이유가 충분히 있었다. 걸음이 점점 느려졌지만, 누구도 피할 수 없는 신체적 퇴행의 평범한 징후라고만 믿었다. 수십 년간 수영과 조정rowing 그리고 반려견을 산책시키며 다리를 단련했지만 늘 쉽게 다쳤고 취약했다. 나이 든 클레멘타인은 전처럼 두 시간씩 뛰놀기보다는 여유롭게 산책하고 싶어했고, 나도 녀석의 속도에 맞췄다. 그런데 이제 다시 속도를 높여야만 했다. 나는 어린 강아지가 안겼던 부담을 다 기억한다고 스스로 믿었기에, 녀석이 활달한 시기를 잘 통과하고 나와 함께 속도를 늦춰가기만을 바랐다.

여기서 나는 '대체 왜 50대 후반에 다리도 하찮은 여성이 500킬로그램도 거뜬히 끌 수 있는 썰매견을 또다시 기르려고 했을까?'라는 물음을 명확히 짚고 넘어가고 싶다. 튤라를 만난 뒤에도 초반 몇 년간 날마다 이 질문을 스스로에게 던졌다. 자조적인 물음일 수도 있고 내 상황에 새삼 경악하고 놀란 데서 나온 물음일 수도 있지만, 내 대답에는 변함이 없었다. 왜냐면 나는 그 견종을 사랑하고 사모예드가 없는 창백한 삶을 상상할 수 없으니까. 나는 포기할 준비가 안 되었으니까. 시간을 붙들 수 있다는 개념을 포기할 수 없고, 대형견을 다룰 줄 아는 강하고 능숙한 나 자신의 이미지를 포기할 수 없으니까. 체력을 비롯해 신체적으로 부족한 부분을 지적 능력과 헌신으로 메꿀 수 있다고 확신했으니까. 그게 아니면 아마 나는 그저 멍청하고 고집만 세서 기한 지난 꿈을 좇았는지도 모른다. 포르셰를 포기하지 못하는 중년의 사내처럼 말이다. 하지만 어찌 됐든 나는 펜실베이니아의 조그마한 호텔 수영장에서 달빛 아래 수영을 즐기며 내게 새로 주어진 운명을 기다렸다.

5

약 32킬로미터를 운전해 재니스를 만나러 갔다. 가는
길 내내 초조하면서도 행복했다. 굽은 숲길을 지나 "사
노르카SANORKA"라고 새겨진 조그만 나무 안내판 쪽으
로 방향을 틀었다. 길 끝에 도착하자 어린 사모예드가
울타리 뒤에서 몸을 쭉 뻗었다가 흥분한 팽이처럼 몸
을 휙휙 돌렸다. 나는 고개를 저으며 씩 웃고는 큰소리
로 말했다. "어쩜 좋아, 이제 다 됐어."

　재니스가 문밖으로 나와서 나를 맞이했다. 그는 조
용하고 상냥했으며, 개들이 지나다니는 길 옆 화단에
베고니아를 심어 꽃을 활짝 피게 했을 뿐만 아니라 공
들여 실내외 방목장과 사육장을 체계적으로 관리한 사

람이었다. 나는 강아지 기질 테스트를 통해 암수를 구분하여 누가 내게 더 잘 오는지, 수줍음이 많거나 활기찬 녀석은 누구인지 알아내는 방법을 미리 공부해서 갔다. 소리가 나는 놀잇감과 리본 끈을 주머니에 넣고, 사교성과 먹이 본능 등을 테스트하려고 미끼와 받침대도 준비했다. 겨우 생후 대여섯 주 된 강아지에게서 그런 특성을 파악할 수 있다고 믿고 싶었다. 작은 노트와 펜도 들고 있었다. 하지만 강아지들이 있는 방목장으로 들어가자 준비한 모든 무기는 무용해졌다. 재니스에게 깊은 인상을 남기려고 애써 내 지식을 내보이던 것도 그만두었다. 그저 방목장의 나무 바닥에 앉아 강아지들이 쿵쿵대고 낑낑거리며 내 신발 끈을 물거나 나를 밟고 올라오도록 놔둔 채 재니스를 보며 말했다. "좋아요, 이 친구들 중에 몹쓸 녀석은 없겠죠, 안 그래요?"

재니스의 동료 사육자이자 강아지들 어미의 주인인 캐럴Carol은 몇 킬로미터 떨어진 곳에 사는데도 나를 만나러 왔다. 그는 내가 휴대전화로 사진을 찍는 동안 꼼지락대는 강아지들과 침착하게 일일이 포즈를 취해 주었다. 강아지들은 귀에 새끼 양처럼 빨강, 분홍, 초록 등의 색깔로 표시된 줄을 달고 있었다. 맘껏 뛰노는 강아지들을 넋이 빠지도록 바라보다가 정신을 바짝 차리고 가장 조용한 강아지, 활달한 강아지, 독립적인 강아지를 구분하려고 노력했다. 결국 거의 아무런 정보도 포착하지 못했는데, 뇌가 아무리 이성적으로 판단하려 해도 심장이 판단력을 흐려버린 탓이리라. 나는 강아지들의 아비 개가 차분하고 아름다운 걸 알았고, 어미 개가 캐럴 옆에 딱 붙어 있는 모습을 확인했다. 좋은 징조였다. 어리석게도 한 얌전한 강아지가 내게 낑낑대기에 받아주듯 안아줬는데, 캐럴이 못마땅한 듯 눈알을 굴리며 말했다. "음, 그 행동은 잘못되었어요." 나는 그 순간에 캐럴이 좋아졌다. 캐럴은 강단 있고 솔직한 사람이었다. 그는 펨브로크 웰시코기Pembroke Welsh Corgi를 수년간 사육하다가 사모예드의 장난기와 아름다움에 푹 빠지고선 뒤돌아보지 않았다고 했다. 그 얌전한 강아지를 두고 캐럴은 이렇게 말했다. "얘는 수줍음이 많네요. 사회성을 더 길러야겠어요."

새끼들이 생후 7주가 되면 재니스는 최고의 강아지를 선택할 거라고 말했다. 나는 그때가 되어야 어떤 강아지를 선택할 수 있을지 알게 될 것이었다. 그는 강아지들의 꼬리와 턱을 쓰다듬으며 내게 말했다. "지금은 어떤 강아지와도 사랑에 빠지지 말아요. 이틀만 지나도 녀석들은 완전히 달라지거든요."

"예전에 강아지를 분양받을 때보다 열세 살을 더 먹었는걸요. 이제 저는 차분하고 정 많은 암컷을 원해요."

재니스는 어깨를 한 번 으쓱하고는 "뭐, 이 견종의 특징이 그렇죠"라고 말했다. 나는 재니스와 캐럴과 포옹하며 작별 인사를 건넸고, 내 운명을 기다리며 집으로 향했다.

그다음 며칠간 '얌전한 소녀' 생각에 잠겼다. 마치 온라인 소개팅 사이트에서 사진만 보고 홀린 기분이었다. 그때 재니스가 메일을 보내왔다. 그는 자신의 결정을 아주 간단명료하게 써서 보냈다. '얌전한 소녀'는 아예 언급되어 있지도 않았다. 나보다 먼저 선택권이 있던 누군가가 그 친구의 잠꾸러기 같은 매력에 빠져버린 게 분명했다. 재니스는 메일에 이렇게 썼다. "오렌지색, 보라색, 파란색 표시된 강아지 중에 선택할 수 있어요. 파란 녀석은 케이지에 절대 안 들어갈 거예요. 보라색도 그렇게 오랫동안 가만히 갇혀 있는 걸 힘들어할 거고요. 제 생각엔 오렌지가 그쪽 상황에 가장 적합할 것 같네요. 지난 토요일에 여기서 도그 클럽 파티를했는데, 모두 오렌지와 레드에게 반했었죠. 레드는 제가 기르기로 했으니 당신은 오렌지를 선택할 수 있어요. 괜찮겠어요? 아니면 다른 강아지를 선택해 차로 이동하겠어요?"

내 심장이 발버둥질하기 시작했다. 오렌지가 대체 어떤 녀석인지도 몰랐던 나는 고통스럽게 장문의 답신을 썼다. 심지어 그 친구가 기억조차 나지 않았고 그저 주위에서 꼼틀대던 여러 하얀색 솜털 공 중 하나라는 생각밖에 안 들었다. 재니스에게 오렌지 강아지가 어떤 성견으로 자랄 것이라고 예상하는지도 물었다. 재니스는 이렇게 회신해왔다. 우선, 그가 내 메일을 끝까지 다 읽었다는 사실에 놀랐다.

"안녕하세요, 솔직히 말씀드리자면 저는 레드뿐 아니라 오렌지도 데리고 있고 싶은 마음입니다. 녀석이 너무 예쁘고 몸짓이 꿈처럼 우아하니까요. 모든 강아지는 다 다르게 자라나고 오렌지의 덩치가 가장 커질 수도 있습니다. 그저 당신이 이 친구를 비행기에 태워 갈 수 있길 바랍니다. 벌써 덩치가 많이 커졌거든요. 녀석을 사랑하게 될 겁니다."

어쩐지 마지막 문장은 판단이 아닌 공표로 다가왔다. 그래, 나는 녀석을 사랑하게 되겠지. 맞아, 눈물과 상실 너머에는 늘 무언가가 있었어. 죽음과 이곳 사이에 끝없이 펼쳐진 평원과 언덕이 있었기에, 나는 다시 여행을 떠나보기로 마음먹었다.

2주 뒤 토요일 아침, 나는 비행기를 타고 다시 볼티모어로 향했다. 이번에는 숄더백과 텅 빈 기내용 반려견 케이지 하나만 챙겼다. '오렌지 소녀'의 최근 체중은 약 5킬로그램이라고 했다. 나는 성인 좌석 하나, 동물 좌석 하나, 이렇게 비행기 표 두 장을 끊어 그 친구가 내 옆자리에 앉을 수 있도록 준비했다. 재니스와 캐럴은 110킬로미터가 넘는 거리를 운전해 볼티모어 공항까지 나와주었다. 공항 터미널로 들어서자 두 사람이 카트를 밀면서 다가왔고, 그 카트 위에 개장이 얹혀 있는 모습이 보였다. 몇 초 뒤, 약 20미터만 더 걸어가면 나는 모성 본능에 내장된 아기 같은 말투로 말할 것이다. "오, 귀염둥이야. 정말 많이 컸구나."

나는 함께 온 두 사람에게 인사를 건네는 것도 잊은 채 개장 안에 있는 강아지에게 말했다. 강아지보다 뒷전인 상황에 이미 익숙한 두 사람은 그저 미소를 지었다. 케이지의 문을 열어주던 재니스는 분명 나의 주저함을 눈치챘을 것이다. 아주 짧은 순간, 나는 모든 것을 보고 말았다. 갈색 눈, 수년간의 헌신, 두려움, 새하얀 털, 필요, 사랑, 나의 것, 책임.

재니스가 조용하고도 확신에 찬 목소리 말했다. "데려가세요." 나는 두 팔로 녀석을 안아 들었다. 바로 그 순간 '오렌지 소녀'는 툴라가 되었고, 우리는 우리의 길을 향해 나섰다.

보스턴으로 향하는 비행기의 출발 시간이 두 시간 지연되어 나는 세 명의 사모예드 사육자 옆에 앉아 치즈버거를 먹으면서 도그쇼 준비에 관한 이야기를 엿들었다. 재니스와 캐럴 그리고 다른 동료 사육자는 몇 달 뒤 전국 사모예드 도그쇼에 개를 출전시킬 예정이었기에 개의 외모와 골격, 동작, 결승전 이야기에 열을 올렸다. 재니스는 공항 레스토랑 매니저에게 반려동물 라벨이 붙은 케이지를 가지고 들어갈 수 있게 해달라고 말했고, 그 덕분에 툴라는 내 등 바로 뒤에서 어린 수도승처럼 차분하게 앉아 있을 수 있었다.

보안대에 도착해 헤어질 때가 되자 평소 강해 보이던 재니스가 유해졌다. 그는 사랑하는 강아지를 내게 건넸고, 장난감을 하나도 아닌 다섯 개나 꺼내주며 기내에서 도움이 될 거라 했다. 나는 그중 심상찮은 뼈다귀 모양 장난감을 보고 웃으며 "이걸 들고 비행기에

탈 수 있을지 모르겠네요"라고 말했다. 재니스는 어깨를 으쓱하더니 평소보다 더 아무렇지 않게 "그냥 무릎 뼈라고 말하면 되죠"라고 답했다. 나는 모두를 한 번씩 안아준 뒤 튤라를 안고 보안대를 통과했다. 보안요원이 "거기, 잠깐만요! 강아지 확인하겠습니다"라고 소리쳤다. 비행기 탑승 대기 구역에 도착한 뒤 두 좌석이 연달아 비어 있는 곳에 가서 앉았다. 그물망으로 된 키이지 덮개 부분의 지퍼를 열자 까만 코가 쏙 올라왔다. 나는 작고 따뜻한 턱 아래에 손을 넣으며 녀석에게 말을 건넸고, 튤라는 대답하듯 내 손을 핥으며 코로 비벼댔다.

그러곤 나는 공항에 마중 오기로 한 친구에게 이제 곧 출발한다고 말하려 전화를 걸었다. 내가 "캐시Kathy?" 하고 불렀고, 친구는 내 목소리에서 무언가를 느꼈는지 "괜찮은 거야?"라고 되물었다. "괜찮아"라고 대답하고선 목소리가 잠겼다. 마침내 나는 "누가 방금 내 마음을 찜질해준 느낌이야"라고 말했다. 우리는 공항에서 만나기로 하고 전화를 끊었다.

이제 우리는 둘이었다. 더는 나 혼자가 아니었다.

6

사랑하는 대상을 어떤 이유로 사랑하는가? 프로이트의 주장대로 과거와 현재가 절묘하게 포개진 곳에서 이미 사라져버린 것으로 마음이 향하는 걸까? 아니면 시공간이 충돌하는 순간에 사로잡히는 걸까?

우리는 갈망하는 대상을 가까이에서 발견한다. 문 앞에 나타난 길 잃은 사람이든, 기차에서 우연히 마주친 낯선 사람이든 말이다. 생물학적 작용에 따른 각본 대부분은 필요에 관한 것일 테고, 그 내용은 나이에 따라 달라질 것이다. 선구적인 동물학자 콘라트 로렌츠Konrad Lorenz[13]에겐 그를 평생 따른 새끼 거위들이 있었다. 새끼 거위들은 태어나서 처음으로 그의 얼굴과

체취를 접하고 접촉하였기에 그에게 다가갔다. 하지만 필요를 표출한 새끼 거위들에게서 애정 어린 반응까지 자연스레 나오는 걸까?

10여 년 전에 제작된 한 다큐멘터리에서 케냐에 서식하는 불임 암사자가 어미 잃은 오릭스, 영양, 송아지 등을 거두어 기르는 내용을 다루었다. 지역 주민들은 그 암사자에게 '축복받은 자'라는 의미인 '카문약Kamunyak'이라는 이름을 붙여주었다. 암사자는 어미 잃은 송아지 한 마리를 돌봐야 할지 저녁 식사로 먹어버릴지 몰라서 그냥 데리고 놀았다. 그러다가 양육 본능이 포식 본능을 이겼고, 어느 수사자가 자신을 공격하고 송아지를 잡아가기 전까지 그 송아지를 보호해주었다. 카문약은 결국 수주간 자신의 영역을 빙빙 돌다가 또 다른 고아 송아지를 발견해 굴로 데려왔다.

나는 이런 암사자를 알고 있다. 우리 모두가 그렇다. 우리 모두에겐 암사자의 습성이 약간씩 있어서, 삶을 간신히 꾸려가다가도 마음이 닿는 곳에서 손으로 꽉

13 오스트리아의 동물학자이자 동물심리학자이다. 비교행동학 확립에 선구적 역할을 한 공로로 1973년에 노벨생리의학상을 받았다.

움켜쥘 것을 찾아낸다. 지구에서 오랜 시간에 걸쳐 재연되는 각본이다. 우리는 현실에 반하는 희망을 품고, 마법이 일어나는 몇몇 순간뿐만 아니라 순수한 시작과 그만큼 뻔한 결말 사이의 상호 안락함을 쟁취한다. 우리는 물과 빛 그리고 내일을 향한 기대를 필요로 하는 만큼 애착을 필요로 하고 원한다.

이른바 암사자의 이타심은 원시적이면서 이기적이다. 생물학적 지침에 따라 자기 새끼를 돌보는 게 번식의 규칙이라면, 우리는 양육 본능을 타고났다. 인간 아기나 강아지를 안아 올린 순간, 아기의 옹알이를 들은 순간, 온몸에 폭포처럼 쏟아져 흐르는 모든 엔도르핀과 옥시토신이 양육 본능의 보상처럼 주어진다. 운이 좋다면 어떻게든 노력할 가치가 있는 대상을 사랑할 것이다. 하지만 때로는 열망의 특효약인 사랑만으로도 그 대상이 필요로 하는 변화의 광채를 전하기에 충분하다.

사랑하는 것과 사랑받는 것은 완전히 별개의 문제라고 생각한다. 기찻길로 연결된 이웃 도시라 해도 그곳에 가게 된다는 법은 없다. 만에 하나, 둘 사이에서 유대감이 생겨난다면 당신은 제3의 독립체를 갖게 된다. 사랑하는 사람과 사랑받는 사람이 함께 창조해낸 독립체를. 이는 내력 혹은 경험이 되어 점차 강해지며 자신의 감각을 엉망으로 만들 수 있다.

성인이 되고 삶의 대부분을 다른 사람들과 아주 가까이 지내면서도 나만의 움막에 머물렀다. 결혼을 하지 않았고, 아이를 갖지 않았으며, 여성과 남성 모두를 비롯해 무수한 층위의 사람과 깊은 관계를 맺었다. 그리고 동물이 있었다. 어른이 되고 지난 40여 년을 아우르는 동안, 세 곳의 도시에 거주하며 반려동물 없이 지낸 기간은 고작 1년 남짓밖에 되지 않는다. 20대 후반, 술을 지나치게 많이 마시던 때가 있었다. 불행한 관계를 정리한 뒤 '리마'라는 이름의 비범한 페르시아 고양이에게 나를 맡겼다. 그 친구는 텍사스 오스틴의 공원에서 산책할 때 마치 강아지처럼 내 발뒤꿈치를 졸졸 따라다녔고, 자기보다 덩치가 큰 암컷 뿔닭을 죽인 적이 있으며, 내 무릎을 간택하곤 새벽 3시에 새끼 고양이들을 낳았다. 자리를 잡고 새끼를 낳기 전까지는 몇 시간 동안 방 안을 빙빙 돌았고, 진통으로 울부짖을 때마다 나와 두 눈을 맞추었다. 리마가 끙끙 앓을 적에 내 자궁이 함께 반응하며 들썩였는데, 마침내 리마는 완벽한 새끼 고양이 네 마리를 낳고 내 품에서 쓰러지듯 잠들었다.

내가 텍사스를 떠날 때, 리마는 살던 곳에 남는 게 더 좋겠다고 생각했다. 하지만 훗날 오랫동안 녀석을 두고 떠나온 데 대한 죄책감과 슬픔을 안고 살았다.

동부 해안에서는 1년간 술과 두려움에 절어 지내다가 드디어 다른 반려동물을 만났다. 과거를 되풀이하길 희망하듯 혹은 리마를 두고 떠난 걸 속죄하듯, 나는 새로 정착한 보스턴의 작고 어두운 다락방에 은빛의 수컷 페르시아 고양이를 데려왔다. 커다란 몸집에 벨벳처럼 그윽한 눈빛을 지닌 그 친구는 나를 제외한 모든 것을 두려워했다. 이유를 가늠할 순 없지만 나는 녀석에게 '대실 해밋Dashiell Hammett'[14]이라는 이름을 붙였다. 아마도 녀석에게 용기를 주고 싶었거나, 내가 빠진 혼란에 위스키를 탄 허세를 더하고 싶었던 거겠지. 밤마다 나는 침대 옆에 앉아 스카치위스키를 마셔대며 스스로를 천천히 죽였고, 대실은 침대 위 베개에 가만히 누워 있었다. 나를 감시하는 의무를 맡아준 대실을

---

14   1920~1930년대에 추리소설 작품을 다수 발표한 미국의 소설가로, '하드보일드 탐정소설의 대가'로 불린다.

특히나 더 사랑했다. 내 역경의 목격자인 대실 덕에 나는 대실패의 벼랑에서 조금이나마 거리를 둘 수 있었다. 내가 술에 취하든, 숙취에 시달리든, 갈망을 망각한 구렁에 빠지든 간에, 대실은 내가 맡은 일을 하게 해주는 조용하고 차분한 나침반이 되어주었다. 대실의 화장실은 늘 깨끗했고, 내 식료품 창고에 술병이 가득할지라도 녀석의 사료가 떨어지는 날은 없었다.

어떤 때 나는 대실을 그리 많이 사랑하진 않는 것 같았다. 녀석은 소심했고 시큰둥하며 심통스러웠다. 그러나 열다섯 살이 된 대실을 안락사시켜야 했을 때, 나는 주먹으로 가슴을 한 대 맞은 사람처럼 흐느껴 울었다.

대실이 죽을 때 내겐 클레멘타인이 있었다. 그때만 해도 대담했던 세 살짜리 강아지. 그리고 캐럴라인도 있었다. 단 하나뿐인 최고의 친구, 새로이 시작한 반려견 사랑을 함께하며 소울메이트로서 속 깊은 이야기까지 나눈 친구. 우리는 결승선을 함께 넘을 거라 굳게 믿었다. 미래를 내다보는 이야기를 수년간 나누던 우리는 개들이 먼저 죽는다는 공포감에 질려버렸다. 너무도 암울한 생각에 저항할 방법은 유머뿐이었다. 캐럴라인은 이렇게 말하곤 했다. "생각해봐, 자기가 70대가 되고 내가 60대가 되면, 같이 프레시Fresh 호수 주변을 느릿느릿 산책하는 거야. 루실과 클레멘타인은 둘 다 서른세 살이겠지."

불과 몇 년 뒤 캐럴라인이 암에 걸려 마흔둘의 나이로 세상을 떠나리라곤 그 누구도 예상하지 못했다. 캐럴라인의 죽음으로 세상이 심하게 흔들린 나머지, 내 삶의 무대와 출연진을 완전히 재정비하고 새로운 각본을 짜야 할 것만 같았다. 그 뒤 6년 동안, 클레멘타인은 옆에서 나를 지켜주고, 내가 앞으로 나아갈 명분이 되어주었다. 녀석은 열세 살이 될 때까지 내 곁에 머물며 내가 무자비한 공격을 받을 때도, 사랑하는 사람을 잃을 때도, 삶이 움푹 파이거나 애처로울 때도 늘 함께해주었다. 그러다가 클레멘타인도 나를 떠나야 했고 나도 그 친구를 보내주어야 했다. 세상에는 결코 회복할 수 없는, 회복하고 싶지도 않은 아픔이 있는 것 같다.

누군가 죽고 난 뒤 우리는 상대방과 함께 나누던 것들을 그리워한다. 나는 캐럴라인을 떠나보낸 뒤 그리고 클레멘타인을 보낸 뒤에도 내가 속했던 '우리'에 대해 자주 생각했다. 늘 함께 나눴던 즐거움. 육체적, 정서적으로 의지할 힘이 되어준 이들. "이 고요한 먼지는 / 신사이고 숙녀이며 / 소년 소녀들이었다……."[15]

죽음이 최악의 상황이 아님을 유념해야 한다고 생각한다. 세상을 떠나는 길에 있는 누군가와 사랑하는 마음을 나누는 것은 명예로운 일인데도 죽음 때문에 너무 슬픈 나머지 쉽게 잊고 만다.

수년간 나는 여름만 되면 코드Cod곶에 있는 트루로Truro에 가서 마구간에 붙어 있는 18세기 주택에 머물렀다. 아침이면 "히힝" 하는 말들의 울음 소리와 콧김 내뿜는 소리에 잠이 깼다. '블로섬'이라는 이름의 조그마한 염소 한 마리도 마구간에 살았는데, 이름과 달리 성미가 고약했지만 말과 친구가 되어 함께 잘 지냈다. 말들은 마구간 분위기를 싱그러운 잔디처럼 달큰하게 만들었다.

어느 여름날에는 사랑했던 말 한 필을 땅에 묻어주는 두 소녀를 보았다. 소녀들은 어릴 때부터 말을 타고 다니기도 하며 자기들만의 방식으로 말과 첫사랑에 빠졌다. 하지만 말은 나이가 들었다. 말은 소년보다 안전하면서도 동시에 더 위험한 존재였다. 말을 묻어주려

---

15   에밀리 디킨슨Emily Dickinson의 시 〈이 고요한 먼지는 신사이고 숙녀이며This Quiet Dust was Gentlemen and Ladies〉의 한 구절이다. 이 시는 만물이 생을 다하고 먼지로 돌아간다는 사실을 정직하게 일깨워주는 내용이다.

면 굴착기가 필요했다. 한 사내가 굴착기를 타고 와서 땅을 파자, 수의사와 두 소녀가 그 말을 언덕 아래로 옮겼다. 수의사는 커다란 구덩이 옆에 말을 놓았다. 두 소녀는 말의 갈기를 꽃으로 장식하고 말에 올라탄 자신들의 모습이 담긴 사진을 묻으며 흐느껴 울었다. 그리고 말이 좋아했던 감자칩 두 봉지도 함께 묻었다.

크리스, 칼리오페, 카치나, 아모리나, 부퍼, 엘리, 리마, 럭키, 코리, 렉스, 대실, 애니, 발리, 루실, 클레오. 클레멘타인. 샤일로. 튤라.

나의 마음을 더 넓게 그리고 더 열정적으로 만들어준 동물들이다. 이들 모두는 자비로 향하는 일방통행로이며, 우리가 스스로에게 가닿을 수 있도록 도와주는 토템이다.

7

튤라는 볼티모어에서 보스턴으로 비행하는 내내 자다가, 목이 말랐는지 딱 한 번 케이지 밖으로 코를 쑥 내밀었다. 나는 너무 초조한 탓인지 아니면 옥시토신이 넘치도록 분비된 탓인지, 튤라만 좌석에 남겨둔 채로는 불과 다섯 칸 뒤에 있는 화장실조차 갈 수가 없었다. 상공 6킬로미터에 뜬 기내에서 누군가가 녀석을 훔쳐가기라도 할 것처럼 불안했다. 남편 레오Leo와 함께 차로 공항까지 마중 나와준 캐시가 튤라를 조수석에 앉히려 하자, 나는 녀석을 내어주지 않았고, 집에 가는 내내 레오가 과속이라도 하지 않을까 하는 걱정뿐이었다. 어스름에야 집에 도착했는데, 도착하기까지 반 블록만 남은 거리에서 우리 집 현관에 붙어 있는 환영 문구가 보였다. 열두 살 이웃 소녀 소피Sophie가 "케임브리지에 온 걸 환영해, 튤라!!!!"라고 써서 붙여놓은 커다란 플래카드였다. 보자마자 나는 활짝 웃으며 캐시와 레오에게 말했다. "어머나, 동네 사람들이 내가 어린 여자아이를 입양한 줄 알겠어." 캐시는 눈을 한 번 크게 치켜뜨고는 "글쎄, 아니지. 자기라면 새로운 개를 데리고 온다는 것쯤은 동네 사람들도 알 거야"라고 대답했다.

많이들 이렇게 생각한다. 사랑하는 반려동물이 죽고 그 빈자리를 다른 동물로 너무 빨리 채우지 않도록 유의해야 한다고. 한창 애도하는 시기에는 그 어떤 강아지도 전 생에 걸쳐 강한 애착을 완성한 이전 반려견과의 추억에 부응할 수 없다. 이런 기준에서 보면, 클레멘타인이 떠나고 3개월 뒤에 튤라를 집에 들인 결정이 너무 성급했는지도 모른다. 하지만 당시에는 그 선택만이 내가 견딜 수 있는 가장 현실적인 방법이라고 생각했다.

시간이라는 달큰한 안개 속에서는 현실을 부정하게 된다. 처음 재니스를 만나러 갔을 때 튤라보다 2년 먼저 태어나 20킬로그램이 넘는 사모예드가 공처럼 방

방 뛰노는 모습을 보았다. 나는 사모예드를 맞이할 모든 준비가 되었다고 믿고 싶었다. 담장을 두른 마당, 개집과 안전문, 수십 가지 놀잇감과 훈련 도구 그리고 수년간의 경험까지 모두 다 준비되어 있었다. 이웃집에는 네 살 먹은 벨지안 시프도그Belgian Sheepdog인 샤일로와, 샤일로를 기르는 피터Peter도 있었다. 피터는 동물에 관해서라면 넘치는 에너지와 비범한 통찰력을 지녔다. 피터와 샤일로는 내가 클레멘타인을 떠나보내는 과정을 모두 지켜보았다. 그해 여름, 피터는 적막한 내집에 올 때마다 "강아지 한 마리를 데려오면 좋을 거야"라고 몇 번인가 말하며 "한동안 샤일로를 데리고 있어볼래?"라고 물었다.

이제 튤라가 있다. 눈 깜빡할 사이에 오간 간단한 메일 몇 통과 거래, 왕복 비행을 하고 나니 우리 집 안의 생명력이 두 배가 된 듯했다. 튤라가 도착하고 며칠간 이 기적을 한껏 즐겼다. 아침에 일어나자마자 쌕쌕거리는 강아지의 숨소리를 들었고, 침대 옆에 놓인 개집 안에서 나를 바라보는 녀석을 두 눈을 뜨고 가만히 바라보며 "맙소사, 여기 강아지가 있다니"라고 중얼댔다. 그렇게 하루를 시작했다. 처음 세상을 마주한 모든 강아지는 경이로움으로 가득 차 있다. 딸꾹질하는 강아지의 숨결에서는 햇살 냄새가 난다. 자기 그림자를 쫓아다니는 모습을 보고 있노라면 심장이 아플 지경이다. 여느 강아지의 커다란 머리, 사슴 같은 눈, 바로 그 사랑스러움은 먹이 본능만큼 생존에 필수적이다.

새끼 사모예드를 사람들에게 소개하는 모습은 누가 봐도 아름다운 장면이다. 새끼 사모예드는 꼭 테디베어처럼 생겼다. 내가 튤라를 보여주기 위해 이웃집을 돌 때 녀석은 새끼 사자처럼 내 목에 매달려 있었다. 튤라를 데려온 첫날 저녁, 피터와 그의 아내 팻Pat이 우리 집에 들렀다. 영국 왕실 기병대에서 기수 겸 훈련사로 일했던 아버지 덕분에 피터와 형제들은 마구간에서 말과 개를 돌보며 성장했다.

피터가 그의 첫 번째 벨지안 시프도그인 클레오를 기를 때부터 알고 지냈기에 반려견과 있는 그의 모습을 수년간 지켜보았다. 그는 개가 겁이 많든, 공격적이든 간에 동작 하나만으로도 개를 잘 다루었다. 직업은 건축가였지만 피터는 본능적으로 사자 조련사 같았다. 개를 다루며 취하는 특정 동작을 설명해달라고 하면 정작 그는 자신이 무슨 행동을 했는지조차 의식하지 못하는 식이었다. 그날 밤, 함박웃음을 지으며 우리 집

마당으로 온 피터는 현관 층층대에 앉아 튤라를 들어
올린 뒤 녀석을 자신의 티셔츠 속에 쏙 집어넣었다. 피
터의 턱밑으로 삐죽 튀어나온 튤라의 하얀 머리는 머
뭇거리는 듯하면서도 몹시 신나 보였다. 짧은 순간에
도 피터는 무심한 듯 애정이 담긴 행동을 몇 가지 했다.
튤라는 이제 피터의 체취와 음성을 각인했으며, 그가
지휘권과 먹잇감을 쥔 강한 인간이라는 걸 눈치챘다.
그 뒤 몇 개월이 지나 튤라의 몸무게가 약 25킬로그램
에 이르고 쟁기를 끌 만한 힘이 생기자, 나는 첫날 튤라
와 피터의 만남을 회상하며 안도했다. 튤라는 첫 만남
이후 피터를 흠모하고 우러러보았다.

　아마 튤라는 자기 삶의 위치를 짐작했을 것이다. 집
에 와서 처음 며칠간은 튤라에게서 천사의 차분함이
묻어났다. 목줄을 채워도 얌전히 있고, 산책하러 나가
면 내 옆에 딱 붙어서 걸었으며, 낯선 것을 마주하면
내 발 옆에 가만히 앉아 조용히 기다렸다. 길게 자란 잔
디 사이로 토끼처럼 뛰어다녔다. 귀뚜라미를 보면 고
개를 꼿꼿이 세웠다. 놀잇감에 대고는 "왈왈" 짖지 않
고 "우--우" 하고 말을 걸었다. 재니스가 확신에 차서
선언하듯 "녀석을 사랑하게 될 겁니다"라고 썼었지. 까
짓것, 사랑하는 게 어려우면 뭐 얼마나 어렵겠어?

그리고 나서 그 차분함은 잠자코 도사리고 있던 꼬마 악당에게 자리를 양보했다. 일상적인 며칠을 보낸 튤라는 잔디가 무성한 마당과 주변에 늘 서성대는 인간 그리고 씹고 놀 장난감 천국인 새로운 환경이 이제 어디 가지 않는다는 사실을 추론해낸 듯했다. 그리고 나는 그 새로운 세계에서 녀석의 세심한 겸양이 이내 넘치는 활력으로 변모하는 모습을 지켜보았다.

　매일매일 대부분의 시간 동안 튤라는 톡톡 터지는 탄산과 같았다. 클레멘타인이 살아 있던 지난 몇 년간, 단풍나무 아래 조그맣고 도회적인 나의 정원은 녹음이 무성한 오아시스 같았다. 튤라를 데려오던 여름 막바지만 해도 제라늄과 구근베고니아를 토분에 줄지어 심어놓고 둘레를 다년생 식물로 가꾸었다. 하지만 튤라가 오고 2주일 뒤 마당에 핀 꽃들이 모두 고개를 떨구었다. 나만 보면 넘치는 행복감과 활기를 주체하지 못하고 어느 방향에서든 거칠게 달려드는 녀석을, 출신 사육장 이름을 따서 '사노르카의 후방 공격Sanorka's Attack from the Rear'이라고 부르기 시작했다.

　이가 나기 시작한 튤라가 다른 어떤 장난감보다 나를 더 원한 탓에 나의 팔뚝은 한 달 정도 마치 피라냐 떼에 물어뜯긴 것처럼 보였다. 나는 이가 나는 시기인 강아지의 특성을 잘 안다고 생각했었고, 이가 나느라 힘든 강아지의 주의를 다른 데로 돌릴 만한 방법을 모두 시도했다. 꽁꽁 얼린 행주를 주며 깨물고 놀게 하기, "꺅" 하고 비명 내지르기, 동전 넣은 깡통 흔들기 등. 튤라는 애쓰는 내 모습을 더 즐기는 듯 보였다. 나를 문 튤라의 아래턱을 잡아 떼어내기라도 하면 녀석은 뒤로 물러서서 야생의 광기를 드러내며 마구 짖어댔다. 마치 부엌에 새끼 여우를 데려다 놓은 것 같았다.

어느 밤, 드디어 튤라가 자기 집에 들어가 잠이 들자 나는 내게 할당된 15분의 고요한 시간에 컴퓨터를 켜고 재니스에게 메일을 썼다. 내 티셔츠와 반바지는 너덜너덜 해어지고 팔뚝 여기저기에 상처 딱지가 앉았다. 덩치가 나의 10분의 1밖에 안 되는 생명체에게 격추당한 꼴이었다. 재니스에게 무정하고도 침착한 어조로 이렇게 썼다. "튤라가 심하게 물어뜯네요. 혹시 좋은 방법 없을까요?"

딱 할 말만 하는, 내 새끼의 사육자에게서 바로 답이 왔다. "젖니가 나기 시작했나봐요. 누구나 그 시기를 거치죠. 뼈다귀를 줘보세요. 쉽게 관심을 돌릴 수 있을 거예요." 나는 고인 눈물을 닦고 다시 전장으로 걸어 들어가야 했다.

강아지의 어린 시기를 잘 견디기 위해 나는 경험에 의존했지만, 개가 특정 연령에 이르기 전까지는 경험도 이론에 불과하다. 내겐 버티는 일이 가장 절실했다. 아무리 힘들어도 기꺼이 투사가 되고자 했지만, 튤라를 집에 데려온 뒤 2주 만에 몸무게가 2킬로그램 넘게 줄었다. 나는 계속해서 안전문 안으로 들락거리거나 하루에 열두 번, 녀석을 밖으로 데리고 나갔다(튤라는 일주일에 몸무게가 1킬로그램씩 늘었고, 결국 녀석이 나를 끌고다니는 훈련사 같은 모양새가 되어버렸다). 몇 시간이나 놀고서도 튤라는 자기 집에 들어가면 버림받은 개처럼 나를 쳐다보았다. '이제 더는 파낼 구멍도, 물어뜯을 팔뚝이나 손도 없지 않니?' 쓰러지듯 잠이 들던 나는 콘크리트 블록이 된 것 같았다. 불과 몇 시간만 지나도 튤라는 또 나가자고 낑낑거렸고, 나는 렘수면 밖으로 헤엄쳐나와, 새벽 세 시나 다섯 시에 녀석을 데리고 문밖으로 향했다. 어떤 때는 아침에 녀석을 개집에 넣어두고 외출하는 척하면서 2층으로 올라가 혼자 두어 시간 동안 더 자기도 했다.

용무를 보거나 운동하러 나간 시간에만 유일하게 자유를 맛볼 수 있었다. 어느 아침, 정박장 부두에서 마주친 지인이 물었다. "요즘 어떻게 지내? 왜 이렇게 수

척해 보여!" "어린 강아지를 데려왔거든." 나의 대답에 그의 표정이 밝아졌다. 그때 와락 눈물이 쏟아졌다. "전에 기르던 개가 너무 그리워." 속내를 내보이자 나조차도 놀라고 당황스러웠다. "저런! 강아지가 너무 어려서 그렇겠지. 아직 아기잖아!" 포르투갈 워터도 그Portuguese Waterdog를 기르는 그가 회상하듯 말했다.

잠이 너무 부족한 나머지, 마치 신경이 몸 밖으로 돋아나는 느낌이었다. 새로이 엄마가 된 자의 운명이라고 스스로 되뇌면서도 내 나이를 감안하면 신체와 에너지 수준은 젊은 엄마들보다 20여 년이나 기한이 지나버렸음을 상기했다.

어느 오후에는 수영장에 갔다가 수영장에서 몇 미터 떨어진 공용 샤워장에서 선 채로 잠들고 말았다. 입수 전후에 잠시 몸을 헹구는 곳으로, 반 정도 밀폐된 공간이었다. 벽에 기대어 눈을 잠깐 감았을 뿐인데 다시 눈을 떠보니 허리춤까지 벗은 채로 그곳에 서 있었다. 분명 흐릿한 꿈속에서 나는 이미 라커룸으로 갔었다. 직립한 채로 낮잠에 빠진 동안 누가 샤워장을 오갔는지, 대체 얼마나 시간이 지났는지 모를 일이었다. 잠에서 깬 뒤 젖은 수영복을 겨우 껴입으며, 샤워장에 있는 여성 노출증 환자 때문에 당황했을 관리자에게 일단

"정말 미안해요"라고 말한 뒤 이렇게 말하는 상상을 했다. "새로 강아지를 데려와서요. 다시는 이런 일 없을 거예요."

치열한 순간 사이사이로 발달상의 소소한 기적을 발견할 때면 경외감이 차올랐다. 튤라는 여기 온 지 불과 며칠 지나지 않아 단 한 번만 반복했을 뿐인 나의 '소환 휘파람' 소리에 반응했다. 나는 튤라가 영리하며 주변 세상과 제대로 상호작용하고 있음을 인지했고, 내 미래에 훌륭한 성견이 기다리고 있음을 직감했다. 좌절감과 피로감 한가운데서 맛보는 위로는 즉각적으로 달콤한 기쁨을 안겨주었다. 튤라가 자기 그림자를 쫓아다니는 모습을 보고 있거나 녀석이 내 어깨에 머리를 대고 잠이 들 때면, 녹아내릴 것 같은 완벽한 만족감에 빠졌다.

어느 아침에 바람이 불어 뒷마당 창고 문이 휙 열린 적이 있다. 창밖을 내다보니 단 2분만 홀로 있던 튤라가 창고 안으로 들어가 물건 세 가지를 끄집어냈다. 수영 튜브와 바구니 그리고 기다란 빗자루였다. 튜브와 바구니를 나란히 놓고 빗자루 손잡이를 이빨로 문 튤라는 굴대의 축을 끄는 조그마한 조랑말처럼 원을 그리며 튜브와 바구니를 밀었다. 기쁨의 감탄사가 절로 터져 나오는 순간이었다.

처음 몇 주간 끝이 보이지 않는 육체적, 심리적 부담의 바닷속에서 고통과 행복 사이를 오가며 노트에 이렇게 기록해두었다. 9월의 어느 날이었을 것이다.

> "튤라를 사랑하지 않게 될까 봐 겁내기도 했었지. 이제는 녀석이 너무 사랑스러워서 견딜 수 없을 정도다. 튤라는 나의 꼬마 무용수이자 동굴을 밝히는 촛불이다."

8

서재 벽에 쪽지 하나가 붙어 있다. 어느 날엔가 나 자신에게 하고픈 말을 휘갈겨 써서 테이프로 붙여놓은 것이다.

'암사자가 문제야, 멍청이.'

여러 가지 이유로 이 교훈을 마음에 간직했다. 퓰라를 기르는 데 드는 노동의 핵심을 스스로 상기하자는 게 가장 분명한 이유였다. 내가 새끼 영양을 기르며 '혼자'에서 '관계'로 향하는 길을 찾으려 애쓰는 중이라는 것. 이 쪽지는 내 이야기가 늘 희생에 관한 것이며, 끝없는 수고에 관한 것이고, 실패와 인내 그리고 무언가를 자기 자신보다 더, 정도를 넘어 사랑함에 관한 것임을 뜻한다. 의미가 없었다면 아무런 이야기도 없었을 것이다.

쪽지를 보면 우리 엄마가 떠올랐다. 엄마의 희생은 나와 함께 날마다 두 시간씩 거실 바닥에 앉아 있던 시절보다 훨씬 더 예전으로 거슬러 올라간다. 텍사스에서 농장을 일궈 겨우 먹고 살던 집의 여섯 자녀 중 맏이던 엄마는 열여덟 살 때 집에서 대략 160킬로미터 떨어진 애빌린Abilene으로 독립했다. 한창 대공황이던 시기에서 몇 년 지난 뒤 엄마는 애머릴로로 넘어가 상업전문학교에 다니면서 틈틈이 번 돈을 매달 고향 집에 보냈다. 1930년대 후반 즈음에는 이미 자가용 한 대와 털 코트를 장만했고, 평생 취업하는 데 문제가 없을 만큼의 부기 및 속기 능력을 갖추었다.

그 무렵 찍은 엄마의 사진을 가지고 있다. 엄마가 아빠를 만나기 시작한 때였을 것이다. 사진에는 서른 살이 채 안 된 조그마한 엄마가 흑갈색 머리카락을 뽐내며 전신주에 기대어 서 있다. 두 팔은 등 뒤로 요염하게 둘렀다. 배경으로 펼쳐진 텍사스 팬핸들의 텅 빈 풍경은 그 자체로 압도적이다.

늘 발버둥 치는 평범한 중산층 가정의 온갖 비애와 결핍에도 불구하고 나는 부모님이 서로를 얼마나 사랑하는지 잘 알고 있었다. 집 안 곳곳에 있는 사랑의 암호를 눈치채곤 했다. 이따금 잠겨 있던 안방 문, 두 분이 주고받던 시선 그리고 다락에서 남몰래 읽은 그들의 편지. 제2차 세계대전 당시 아빠가 엄마에게 보낸 편지였다. 나는 서른 살, 엄마는 일흔 살을 넘긴 어느 날, 사람들이 몇 살쯤 되면 더는 잠자리에서 사랑을 나누지 않느냐고 엄마에게 물었다. "다음에 말해주마"라고 답하는 엄마의 눈이 반짝였다.

우리는 어느 시점에선가 우리도 동물이며, 사향과 페로몬을 내뿜어 근방에 있는 사람에게 짝짓기 신호를 보낸다는 것을 깨닫는다. 언니와 내가 어릴 적에, 엄마는 특별한 날마다 한껏 차려입고 아빠와 데이트를 했다. 그때마다 항상 검정색 시폰에 금사金沙를 덧댄 이브닝드레스를 입은 엄마에게서 천국의 향이 났다. 화장대 앞에 앉아 얼굴에 무언가를 정성껏 덧바르던 엄마의 모습을 언니와 함께 구경하노라면, 가끔 엄마는 자리에서 일어나 지터버그jitterbug[16]나 찰스

---

[16]   1930~1940년대 미국에서 유행한 사교춤으로, '지르박'이라고도 부른다. 4분의 4박자에 맞춰 함께 춤을 추는 두 사람이 가까워졌다가 멀어지는 등의 동작을 반복하는 식이다.

턴Charleston[17] 스텝을 밟는 등의 사교 춤을 선보이며 우리를 웃게 했다. 머리까지 손질을 마친 치장의 의식 끝에 엄마는 언제나 향수병을 들어 양쪽 귓불 뒤에 향수를 살짝 뿌린 다음 아빠와 함께 밤 속으로 사라졌다. 그 향수는 너무도 어린 내가 이해하지 못했을 법했던 걸 말해주었다. 존재 사이, 즉 우리 엄마와 아빠 사이에 어떤 희부연 언어가 오가며, 그것은 사적이고도 매력적이라는 사실을.

청소년이 되고 나서는 나 역시도 향수를 즐겨 뿌렸다. 정글 가드니아Jungle Gardenia와 샬리마Shalimar 그리고 야들리 걸Yardley Girl에서 나오는 진하고 도발적인 향수를 뿌리고 다녔다. 향수 브랜드 자체만으로도 그 사람을 알 수 있는 힌트가 되었다. 타부Tabu 향은 구역질이 났고, 프린스 매차벨리Prince Matchabelli 향은 난잡했다. 파촐리 오일Patchouli Oil은 오스틴에서 버클리에 이르기까지 거친 소녀를 상징하는 향이었는데, 로큰롤 시대 초기이던 당시 애머릴로에서는 주변 사람들에게

---

17   1920년대 미국 동남부 도시인 찰스턴에서 시작된 사교춤이다. 경쾌한 네 박자에 맞춰 발끝을 안으로 향하고 무릎으로부터 아래를 옆으로 차는 스윙댄스이다.

자신이 누구인지를 향으로 아주 정확하게 드러냈다.

엄마는 자신만의 향기가 있었다. 그 향이 샤넬, 디올 조이, 에스티로더의 향이 아니란 사실은 확실하다. 내 후각의 기억만으로 정확히 어떤 향이었는지는 모른다. 모든 신비로움이 어느 특정 브랜드 향수로 한정된다면 분명 실망스러울 것이다. 향기는 어린 우리가 닿을 수 없던 품위로 여성을 완성하는 마지막 손길이었고, 아빠의 사랑처럼 엄마를 감쌌다.

엄마는 내가 결혼하지 않았다는 사실을 전혀 개의치 않는 듯 보였다. 엄마는 내가 온갖 방종한 짓을 일삼던 사춘기 내내 딸이 올바르게 세상을 살며 똑바로 날아오르길, 아빠의 말을 빌리자면 가족에게 망신살을 뻗지 않으며 살아가길 늘 기도했다. 내가 20대 후반이 되어서 다시 대학원으로 돌아가고 나서야 엄마는 겨우 한시름 놓았다. 그러다가 내가 1981년에 북동부로 이사하자 엄마는 내가 하는 이색적인 세계의 이야기를 흥미진진하게 들었고, 직접 와보고 싶다고 했다. 맨해튼으로 가는 기차, 대도시의 보도국, 코드곶에 펼쳐진 해변으로 말이다.

마침내 엄마는 내가 승리를 거머쥐었다고 느꼈다.

우선 작가가 되었고, 내 안에 살던 악령으로부터 살아남았으니까 말이다.

오랫동안 말로 꺼내지 않았던 나의 음주 문제는 원래도 심각했지만 텍사스를 떠난 이후에는 두려운 문제가 되었다. 술에 관해서는 엄마에게 아무 말도 하지 않았다. 나에 관한 이야기는 크게 두 가지로 나뉘었다. 엄마는 딸이 보스턴에 사는 프리랜서 작가이자 커리어 우먼이고 독립적이며 자유로운 여성이라고 말하길 좋아했다. 잘 드러나진 않았지만, 더 완성된 이야기 속에서 나는 매일 밤 스카치위스키나 버번위스키를 병째 들이키며 술독에 빠져 글을 썼다. 그러던 중 1984년 어느 끔찍한 겨울날, 반쪽짜리 진실을 더는 끌고 갈 수 없게 되었다. 술에 취해 의식을 잃고 넘어져 갈비뼈 네 개가 부러진 것이다. 잔뜩 겁먹은 서른세 살의 젊은 여성을 돌이켜보면, 우리 엄마가 지켜보았을 막내딸을 돌아보면, 도움과 보호가 필요하지만 그 무엇도 받아들이지 않는 한 사람이 보인다.

그 사건 이후 6개월간 나 자신이 어떤 곤경에 처했는지 받아들이는 시간을 보냈고, 7월에는 술을 끊었다. 그리고 AA 모임[18]에 셀 수 없이 여러 번 참가하고 망가진 상태로 수개월을 지내면서도, 내가 엄마와 음주 문제로 대화하는 걸 견딜 수 있다고 느끼기 전까지는 엄마에게 아무 말도 하지 않았다. 10여 년이 넘도록 술에 대해 말하지 않았고 엄마는 내가 걱정되어 미칠 지경이었다.

당시 나는 히치하이킹을 하며 전국을 돌아다니고, 반전시위에 참여하고, 반항심을 방패처럼 두르고 다녔다. 하지만 술에 취하지 않았을 때 돌아보니, 내게 음주는 그간 감수해온 다른 위험만큼이나 위험했다. 알코올중독 증세와 우울감 때문에 부모님의 양가에서 사상자가 발생한 적이 있고, 아마도 그런 이유로 너무도 겁이 났으며, 그렇기에 내 상태가 얼마나 최악인지 엄마가 끝끝내 모르기를 바랐다. 위스키 병과 절망으로 가득한 아파트 다락에서 의식을 잃었을 때 내가 나에게 휘갈겨 쓴 쪽지를 엄마가 읽지 않길 바랐다.

그해 크리스마스, 술을 끊고 6개월이 지나서야 애머릴로에 간 나는 엄마에게 음주 문제와 관련해 그나마 가벼운 이야기만 털어놨다. 엄마는 조용히 내 이야기

18   AA는 '익명의 알코올중독자들'이라는 뜻의 영단어 'Alcoholics Anonymous'의 약자로, AA 모임은 알코올중독 증세로 어려움을 겪는 사람들이 단주를 위해 서로를 격려하는 모임이다.

를 들었고 남은 여행 내내 우리는 그것에 대해 거의 이야기하지 않았다.

약 두 달 뒤, 보스턴에서 지내던 내게 매주 전화를 하던 엄마는 어느 날 할 말이 있다고 했다. 수년간 사교적인 자리에서 적당히 술을 마시던 엄마가 두 달 전 내가 집을 떠난 뒤 곧장 술을 끊었으며, 그 이후로 술을 한 방울도 입에 대지 않았다는 이야기였다. 술을 끊은 이유를 설명하던 엄마의 목소리가 아직도 귀에 선하다. "내 딸이 살면서 가장 힘든 일이었다던 걸 결국 해냈다는데, 나도 같이 할 수 있는 거 아니겠니."

엄마의 행위에 내재한 사려 깊음은, 지금, 거의 30년이 지나서까지 순수한 취지를 떠올리게 해 나를 멈칫하게 한다. 비행기로 가면 하루가 걸리는 거리에 살던 엄마가 술을 끊는다고 해도 내 삶에 뚜렷한 영향을 미치진 않았을 것이다. 엄마가 단순히 나를 응원하는 차원에서 한 행동이 아니었음을 이제는 안다. 엄마의 그때 그 사려 깊음 덕분에 우리 모녀 사이에 친밀감이 형성되었다. 내가 지옥에서 뒹굴고 여전히 고군분투하더라도 엄마는 나와 함께하고팠던 것이다. 다시금 거실 바닥에 앉아 이렇게 말하듯이 말이다. "여기 보렴, 아가. 엄마도 같이할게."

97

이후 수년 동안 엄마는 몇 번인가 나와 함께 케임브리지에서 AA 모임에 참석했다. 엄마는 으레 자신을 이렇게 소개했다.

"제 이름은 루비고요, 다른 도시에서 왔어요."

"안녕하세요, 루비!"

짙은 분홍색 운동복을 입고 마지막으로 모임에 간 나이 여든셋의 엄마는 방에 둘러앉은 모든 이의 마음을 사로잡았다. 다음날 프로빈스타운Provincetown에 있는 가게에 쇼핑하러 간 엄마는 게이 점주와 친근하게 대화를 나눴다. 그가 우리 엄마를 나의 연상 애인으로 착각했는지, 엄마를 계속 나의 '동반자companion'라고 지칭했다. 엄마가 재밌어할 거 같아서 가게에서 나와 말해주었더니, 엄마는 바이블 벨트Bible Belt[19]인 텍사스로 돌아가서 몇 주 동안이나 내게 쓴 편지마다 "너의 동반자가"라고 서명을 해서 보냈다.

술을 끊고 약 5년이 지난 뒤 나는 엄마가 동화 속 주인공이라고 상상했을 법한 남성 S와 사랑에 빠졌다. 목

---

[19]   기독교 색채가 강한 미국 중남부와 중서부 지대를 의미하며, '성서 지대'라고도 부른다.

소리가 나긋나긋하고, 똑똑하며, 열 살 연상에, 그동안 이뤄놓은 것도 많은 아이비리그 출신에다가, 매력까지 겸비한 사람이었다. 엄마는 애빌린에서 애머릴로까지의 거리를 진보의 척도로 삼는 농장 출신이었기에, 엄마가 이 남성과의 연애에 쉽게 혹할까 봐 우려스러웠다. 진짜 이야기는 덜 화려하고 더 복잡했다. 나는 뒤얽힌 과거와 지나치게 거대한 자아를 가진 이 남성에게 단단히 빠져들었다. 술도 끊고 나름대로 훌륭한 삶을 꾸리고 있었음에도 그와의 관계에서는 내가 설 자리를 잃고 말았다.

정신이 나간 사람처럼 그에게 애정을 쏟았고, 그래서 그의 부재를 견디지 못했으며, 그는 이런 내 모습을 전략적인 무기로 삼아 내게 휘둘렀다. 내 생각에 2년간 이어진 우리 연애는 대부분 매력적이었지만 특정 연령대까지만 매력을 느끼는 유진 오닐Eugene O'Neill[20]의

---

[20] 1936년 노벨상을 받은 미국의 극작가로, 인생을 불행하게 만드는 불가해한 세력을 밝혀내려는 시도가 그의 작품을 관통한다. 희극보다는 비극을 통해 인간의 운명을 결정짓는 무언가를 효과적으로 표현할 수 있다고 생각했으며, 자전적 작품이며 그의 걸작이라 손꼽히는 《밤으로의 긴 여로Long Day's Journey into Night》로 퓰리처상을 받았다.

작품과도 같았다. 우리는 극적이고도 무모하고 열정적이었다. 그는 통화하다가 아무런 이유 없이 전화를 갑자기 끊어버렸고, 내 생일 저녁 여섯 시에 잡아둔 데이트 약속을 일방적으로 깨버렸다. 우리는 서로를 향한 불멸의 사랑을 선언한 뒤 불과 일주일 만에 잠시 서로 생각할 시간을 갖자고 했다. 웰플릿Wellfleet에서 집을 구해 함께 여름을 보내던 우리는 몇 주 만에 헤어졌다. 헤어진 날 밤, 퇴근하고 집에 오니 그는 자기 옷을 다 챙겨서 집을 나가버리고 없었다. 약 3주간 아무 연락도 오가지 않았고, 그사이 나는 몸무게가 3킬로그램이나 빠졌으며, 한밤중에 위층 현관에 앉아 윈스턴 담배를 피우며 멍하니 우주를 응시할 뿐이었다.

20년도 더 지난 뒤, 사무실에 서서 양쪽으로 나무가 늘어선 거리에 자리한 내 집을 내려다봤다. 동거인 없이 개들과 함께 11년간 살아온 집이다. 내 소유이고, 방 안 어딘가에는 커다란 안락의자가 놓여 있다. 내가 젊은 여성인 적이 있긴 했던가? 욕구로 가득 찬 눈빛은 거칠고, 깡마른 심신은 고갈된 채 제단에 내 심장을 올려두었던가? 물론 나는 그랬다. 여성의 절박함이 드러나는 뻔한 그림이었다. 아마 사랑에는 늘 독소가 잠재

하는데, 권력이 자존감을 가릴 때 촉발되는 것이리라. 그러나 나는 새벽 세 시에 현관에 앉아서도, 며칠에 한 번씩 엄마에게서 전화가 걸려왔을 때도, 그 무엇도 인정하지 못했다. 엄마를 위해서 밝은 목소리로 괜찮으니 걱정하지 말라고만 말했다. 어느 날 내게 전화를 건 엄마는 불쑥 이렇게 말했다. "얘, 그놈 때문에 술을 한 잔이라도 입에 대면 안 된다. 세상 그 어떤 남자도 네가 다시 술을 마셔야 할 만큼의 가치는 없으니까."

그 말을 하던 엄마의 목소리를 떠올릴 때마다 내 마음은 숨을 내쉰다. 날카로운 메시지는 무의식중에 활처럼 날아와 꽂혔다. 내가 술에 다시 손댈 뻔했다는 걸 나조차 몰랐지만 엄마는 알았다. 최악의 상황으로 치달을 것이며, 그 상황만큼은 엄마가 직접 막아야겠다고 생각했고, 엄마는 해냈다. 엄마는 나의 자유 낙하를 막아냈다. 내가 허공으로 떨어질 때 절벽에서 튀어나온 바위가 되어주었다. 그날 나는 전화를 끊고 처음으로 AA 모임에 갔다. 그 모임은 정서적으로 얽히고설킨 사람에게 훌륭한 기착지였다. 마치 헨리 히긴스Henry Higgins[21]처럼 굴던 그 남자는 생각할 시간이 필요하다며 나를 떠났다가 다시 돌아왔고, 그 무렵까지 나는 굳건히 잘 버텨내고 있었다.

몇 달 뒤 엄마가 내 집에 왔다. 여전히 그 남성 S를 잊지 못했지만 이듬해 혜성처럼 사라지고 없을 사람이었고, 나는 번민하기보다는 안도할 터였다. 하지만 그해 여름까지만 해도 나는 여전히 그와의 관계를 바로잡고 싶었으며 모든 것이 더 나아지고 달라지길 원했기에, 엄마와 S가 만나는 저녁 식사 자리를 마련했다. 엄마는 언니가 선물한, 엄마의 옷장에서 가장 고급스럽고 근사한 옷인 샤넬 정장을 준비해왔다. 저녁을 먹기로 한 날 오후에 접어들었는데도 S는 여전히 호텔에 체크인을 하지 않았다. 그와의 마지막 연락이 사흘 전이었기에 돌연 밀려오는 공포감을 숨기느라 애썼다(그는 중요한 순간마다 달아난 전력이 있었다). 엄마와 함께 옷장 앞에 서서 각자 입을 옷을 찾는 도중에 내가 한숨을 내쉬며 가능한 한 차분하게 말했다. "오늘만큼은 잘 풀렸으면 좋겠어." 엄마가 허리를 곧게 세우더니 이렇

---

21   1950~1960년대 연극과 뮤지컬 영화로 제작된 〈마이 페어 레이디My Fair Lady〉의 등장인물로, 절친한 친구 피커링Pickering 대령과 내기하여 빈민가 출신의 꽃장수 일라이자 둘리틀Eliza Doolittle의 투박하고 촌스러운 말투를 고쳐 세련된 귀부인으로 만든다. 정작 일라이자는 피커링 대령이 끊임없이 개인 교습하는 과정을 고문받듯 괴로워한다. 저자는 일라이자에 감정을 이입해 자신을 가르치려는 남성 S를 이 인물에 비유했다.

게 말했다. "내 말 잘 들어. 오늘 저녁에 내가 이 옷을 못 입으면, 그놈 장례식 때 입고 갈 거야."

그날 저녁 우리는 약속한 대로 셋이서 함께 저녁 식사를 했고 그 자리에서 현혹된 사람은 의외로 S였다. 텍사스 서부에서 온 근사한 엄마에게, 겸손하면서도 당당하고 그 어떤 남성도 겁내지 않는 우리 엄마에게 말이다.

그 시절 내 삶을 돌아보면 지구력이 필요했던 30대에 술을 끊었고, 두어 차례 사랑에 빠졌다가 헤어나왔고, 사랑하는 일을 찾았다. 당시 1년에 한 번 정도 만났을 뿐이었는데도 엄마는 나의 내면 풍경 여기저기를 맴도는 존재였다. 새로운 거처를 마련한 도시에서 홀로 내 길을 찾던 나는 엄마라는 존재가 자신의 새끼를 보호하는 데 있어서 얼마나 강한지 그리고 얼마나 무모한지 깨달았다.

존 웨인John Wayne[22] 같던 아빠는 두 딸이 사춘기를 지날 즈음 애머릴로에 사는 소년 절반에게 겁을 줄 정

---

[22] 1920년대부터 활동한 미국 할리우드의 인기 스타로, 다수의 서부극과 전쟁영화에 출연하며 '서부극의 대부'로 불렸다.

도로 워낙 존재감이 크고 거친 사람이었다. 그런 사랑을 받아서인지, 아빠는 항상 나의 안전한 문지기처럼 보였다. 하지만 내가 더 성장해 '성인기'라는 4차선 고속도로에 들어섰을 때, 3,000킬로미터 넘게 떨어진 도시에서 술에 취하거나 남성 문제로 무너질 때, 내 뒤를 봐준 사람은 다름 아닌 루비, 나의 엄마였다.

9

지금 생각해보면, 극적인 결정을 내릴 때는 무의식적
으로 분별력을 발휘했던 것 같다. 텍사스를 떠나고, 술
을 끊고, 나쁜 관계를 정리했다. 이따금 미지의 영역을
향한 믿음의 도약이 비현실적으로 느껴지고 두려웠지
만 결과는 좋았다. 이런 도약은 내가 튤라를 데려오는
결정을 하는 데 바탕이 되었다. 겨울이 몰아치기 전에
강아지를 데려오고 싶은 마음 못지않게 '반드시 해야
만 한다'라는 시급함이 작동한 것마냥, 내면에서 '지금
당장 해'라는 충고가 들리는 듯했으니까. 마치 이 일에
마감 기한이 정해진 것처럼 말이다.

약 5킬로그램이던 강아지 튤라는 늦가을 무렵 15킬

로그램이 넘었고, 하얗고 몸집이 조그만 늑대 같은 태도를 보였다. 여전히 녀석을 안아 들 수 있던 시절에 찍은 사진 속 나는 회의적이면서도 자랑스러워하는 표정을 짓고 있다. 내 어깨 위에 올라서서 여왕처럼 카메라를 응시한 녀석의 모습에 웃었던 기억이 난다. 재니스와 캐럴은 튤라가 겨우 생후 7주 무렵일 때 녀석의 자신감을 감지했고, 캐럴은 "이 친구는 스스로 몸을 세울 줄 알아요"라며 튤라가 쇼 도그의 자세를 취한다고 언급한 적이 있다.

사춘기가 된 튤라는 사랑스럽다가도 소름이 돋을 만큼 고압적인 태도를 드러냈다. 튤라는 세상을 근사하고 즐거운 일만 가득한 곳으로 기대했다. 녀석은 내가 어떻게 하느냐에 따라 자신의 하루가 달라진다는 걸 알아차렸다. 산책하거나, 차를 타거나, 테니스공을 갖고 놀거나, 튤라의 모든 것이 내게 달려 있었다. 튤라는 종종 나를 사근사근한 조수나 안내원으로 취급했다. 썰매견이 대부분 그렇듯 녀석은 무언가를 이끄는 행동을 자신의 임무로 생각해서, 내가 할 일은 자기를 따라가는 것이라고 여기는 듯했다.

쉽고 빠르게 해결할 수 있는 단순한 문제가 아니었다. 만약 당신이 녀석을 설득하려고 한다면 짐승 같은 힘과 신념, 활기로 똘똘 뭉쳐야 한다. 녀석이 가려는 목적지보다 당신이 더 중요하다는 사실을 알려야 한다. 녀석은 칭찬과 웃음에 반응하지만, 만일 당신이 윽박지르면 그냥 앉아버리거나 시선을 피하고 꿈쩍하지도 않을 것이다. 이때 인내하지 않으면 나중에 후회하게 된다. 반려견에게 고함을 치거나 화를 냈을 때, 녀석은 멍청하게 구는 당신을 용서하겠지만 그 모습을 오래 기억할 것이다.

어느 날 숲을 산책하는데 지나가던 러시아 노부부가 튤라를 보더니 러시아 발음으로 "아! 싸모예드!"라고 외치며 반갑게 아는 체를 했다. 두 사람은 러시아에서 사모예드를 길러봤노라고 영어로 더듬더듬 거리며 말했다. 노신사는 "착한 개!"라며 웃어 보이더니 "하지만 싸모예드, 말을 안 듣습니다!"라고 말했다. 네, 맞아요, 어르신. 녀석들의 말 안 듣는 심리는 현재진행형이라서 마치 영원히 말을 안 들을 것만 같네요.

최근 들어 가장 혹독했던 겨울에 튤라의 체력이 절정에 이르렀다. 얼음이 얼고 눈이 펑펑 내리는 가차 없는 추위에 녀석은 열광했고 나는 낙심했다. 튤라를 데려오고 처음 몇 주간 나와 나란히 걷는 법을 집에서 가르쳤다. 그런데도 녀석이 생후 9개월쯤 되던 어느 날 오후, 리드줄을 하고 동네 산책을 하다가 녀석이 다람쥐를 발견한 녀석이 달려가는 바람에 그만 고꾸라질 뻔했다. 리드줄을 홱 당기며 가만히 있으라고 말했는데 튤라가 아무런 반응을 하지 않자 목소리를 높여 앉으라고 명령했다. 튤라는 몸을 돌려 나를 쳐다보더니 곰처럼 두 뒷다리로 서서 내게 엄포를 놓듯 다가왔다. 지금 생각하면 웃기지만 당시에는 화가 극도로 치밀었다. 늦겨울이던 그날, 나는 지칠 대로 지쳐 있었다. 튤라의 힘과 태도를 되돌아보면, 힘 좋고 능숙한 30대조차 버거울 정도로 고집 센 개를 기르는 셈이었다. 나는 결국 케임브리지 동네 한가운데서, 우리 둘을 다 아는 이웃들의 집으로 둘러싸인 곳에서 녀석을 향해 고래고래 소리를 질렀다. "이 싸움에서 내가 이기고 말 거야!"

튤라는 처음 듣는 단어와 목소리 톤에 당황한 듯 고개를 꼿꼿이 세우며 갸웃했다. 그러더니 다람쥐를 향한 집착을 내려놓고 내 옆에 붙어서 종종걸음으로 집에 돌아왔다. 하지만 좌절하지 않고 여전히 자신감에 찬 모습으로, 내가 길에서 분노한 순간보다 어제저녁에 먹은 맛있는 음식을 떠올리는 듯 보였다.

집에 돌아와 그동안 튤라와 대치했던 상황을 떠올렸다. 튤라는 나에게서 불과 2미터 정도 떨어진 뒷마당의 테라스로 가서 낮잠을 청했다. 보드라운 파란색 양인형을 입에 물고 있었다. 녀석은 잠들기 전까지 인형을 조금씩 물어뜯는 시늉을 했다. 어릴 때부터 튤라는 자기 전에 심신 안정을 위해 무언가를 입으로 씹는 습관이 있었는데, 어미의 젖꼭지를 빠는 흉내였다. 녀석의 본능과 나를 연관 지어, 녀석을 입양한 암사자로 나를 각인시키기 위해 튤라에게 내 손목에 차고 있던 시계줄과 티셔츠를 주었다. 녀석에게 상처를 입히거나 녀석을 저녁으로 먹는 일은 없을 거라는 다짐과 다름없었다. 모성의 자기희생이 있기에 어미는 새끼를 먹지 않는다.

튤라는 기품과 자신감이 넘치는 생명체로 성장했다. 방을 세 개나 사이에 두고 떨어져 있어도 나의 움직임과 목소리 톤을 하나하나 알아챈다. 우리는 사랑하는 대상을 자기 자신보다 더 사랑하며, 벨벳이 깔린 자기만의 감옥에 갇혀 있기보다는 더욱 거대하고 관대한 무언가를 향해 나아간다.

몇 년 전, 한 여성을 만났다. 그는 아름다운 딸의 모습을 사진에 담으며 행복해했다. 그는 언젠가 한 번, 딸의 사진을 보는 게 그 아이를 기르는 것보다 더 즐겁다고 농담 반 진담 반으로 말했다. 딸은 열여섯 살이 되자 물건을 훔치기 시작했고 온갖 잘못된 곳으로 사랑을 찾아다녔다고 한다. 어쩌면 인간은 다 그렇지 않을까? 나르시시스트의 한탄일 수도 있지만. 엄마가 싫다고 소리치는 아침의 딸보다 졸업 무도회가 열리는 밤의 딸을 더 사랑하기 마련이다.

튤라도 물건을 훔치게 될까? 개는 어떤 모습으로 반항할까? 녀석은 자신이 사랑받는지 아닌지를 철저하게 알고, 우리는 모두 그 사실을 정확히 안다. 개는 인간의 거울이다. 개가 버려지는 이유이기도 하다. 개들은 너무도 충성스러운 목격자이기에, 나쁜 사람은 누군가가 자신을 지켜보는 상황을 견디지 못한다.

나는 살아갈 것이고, 끊임없이 선택할 것이다. 과거의 기억에 덧씌운 반짝이는 장막 대신 불완전한 내 삶과 우두머리 행세를 하는 개를 택할 것이다. 관계에는 불완전함이 필요하다. 그렇지 않으면 두꺼운 친밀함에 질식사할지도 모른다. 너무도 사랑해서, 그 마음을 견뎌내기 위해서는 "엄마 싫어"와 같은 말이나 아기가 담요에 토해버리는 순간 같은 장치가 필요할지도.

죽은 자들에게 쪽지를 남길 수만 있다면 중요한 것을 세세하게 알려주고 싶다. 엄마에게는 내가 잘 지낸다고, 강인하고 안전하게 살고 있으며, 엄마가 매년 봄마다 기다리던 팬지꽃과 새빨간 제라늄을 마당에 심는다고 말할 수 있다면. 아빠한테 당신을 떠올릴 때마다 아직도 누군가가 내면에서 나를 꼭 잡아주는 것처럼 마음이 따뜻해지는 느낌이 물리적으로 든다고 말할 수만 있다면. 클레멘타인을 두 팔로 꼭 안아줄 수만 있다면. 그리고 변함없이 착한 내 아기라고 말해줄 수 있다면 얼마나 좋을까. 그리고 캐럴라인에게 나의 크나큰 사랑을 전할 수 있다면, 심지어 자기가 죽은 뒤에도 전 세계 사람이 나를 더 좋은 친구로 생각하게 되었다고 말해줄 수 있다면 얼마나 좋을까. 캐럴라인은 분명 기뻐하리라.

10

　"이 망할 개가!" 튤라가 프레시 호수 근처를 산책하다가 토끼 구역에 또 무단 침입했고, 공원 관리자인 진Jean이 노발대발했다. 10여 분 동안 나는 튤라가 자신만의 극락에서 나오도록 꼬시던 차였다. 들쥐와 갈색 토끼가 서식하는 그곳은 무성한 풀숲이자 출입 금지 구역이었다. 진이 조그만 주황색 트럭을 몰고 지나가는 모습을 언덕에 앉아 내려다보며 나는 그가 숲에서 날뛰는 22킬로그램짜리 하얀 개를 보고도 기분 좋게 슬쩍 눈감아주길 바랐다. 차 시동을 끄더니 경찰관 모자 같은 걸 쓰고 내린 진은 팔짱을 낀 채 "양 한 마리가 탈주한 거 같은데"라고 말하며 언덕 아래로 내려갔다.

"거기 흰 개, 이리로 나와!" 진이 소리쳤다. 자신이 흰 개인지 알 턱이 없는 튤라에겐 소용없는 말이었다. 튤라는 깡충깡충 더 멀어졌다. 고집스러운 개, 특히 장난기 넘치는 개를 잡는 최악의 방법은 개를 향해 고함을 치며 달려가는 것이다. 튤라는 바보가 아니었다. 커다란 모자를 쓰고 화가 잔뜩 난 낯선 이에게 가까이 다가갈 이유가 있을까?

진이 몸을 돌려 내게 걸어오다 약 20미터 떨어진 곳에서 튤라더러 "망할 개"라고 말했다. 나는 기분이 팍 상해 되받아치며 소리쳤다. "그렇게 말하지 마세요, 아무런 도움도 안 되잖아요." 내가 풀숲으로 뛰어들어가 기다란 풀을 헤집고 걸어가니 그제야 튤라가 내게 달려왔다. 튤라의 짧은 훈련용 리드줄을 꼭 붙들고 우리를 비난한 공원 관리자를 향해 함께 언덕을 올랐다.

진의 설교를 듣다가 요리조리 빠져나온 나는 시무룩한 상태로 주변을 산책했다. 수개월간 리드줄 없이 산책하는 훈련에 몰두하던 차였다.[23] 벨지안 시프도그인

---

23   미국에는 주와 시마다 특정 조건을 충족하는 경우에 한하여 리드줄 없이off-leash 개를 산책시킬 수 있는 곳이 지정되어 있다.

샤일로의 훈련법을 본보기로 삼아, 튤라에게 상으로 닭고기도 주고 칭찬도 넘치도록 해주던 차였다. 그러나 사냥꾼 기질이 다분한 녀석을 안전하게 훈련시키기 위해서라도 드넓은 영역이 필요했다. 후각이 의지를 능가했는지, 녀석은 내 명령을 무시하고 행복하고 자유분방하게 뛰어다녔다. 갖출 것만 잘 갖추면 사모예드 훈련이 할 만하다고 말하고 싶다. 한쪽 주머니에는 개가 잘 먹는 동결 건조 간肝을 채우고, 다른 주머니에는 사람이 먹을 신경안정제를 한 움큼 준비한다면 말이다.

그날 샤일로는 튤라가 신나게 노는 동안 근처에서 기다렸고, 진과 내가 이야기를 나누는 동안엔 내 옆에 앉아 있었다. 양치기 개의 집중력이란 가히 K-9 부대 소속 경비견에 비할 만했다. 나는 개 둘과 함께 마지막으로 공원 주위를 한 바퀴 돈 다음 휴식을 취했다. 그때 전화벨이 울려 나의 슬픈 백일몽을 방해했다. 훈련을 잘하고 있는지 확인하기 위해 피터가 건 전화임을 직감했다. "어떻게 돼 가?" 피터가 물었다. "죽겠어, 튤라가 토끼 구역에 들어가는 바람에 쫓겨났지 뭐야. 진이 튤라더러 망할 개라네. 내 다리는 너무 아프고. 이러다 쓰러지겠어." "이런." 피터는 내가 전선에서 보내는 속보를 반기면서도 이미 반쯤 흘려들으며 말했다. "듣자하니 엄청난 비극이로군." "오, 잘 아네. 매일매일 〈리어왕〉 같다니까."

튤라를 맞이하고 처음 2년 정도 우리의 실상은 드러나는 모습과 전혀 달랐다. 내 기억으로는 당시 내내 피곤하고 짜증이 났는데, 그때 찍은 사진 속에 나는 우스꽝스러울 정도로 행복한 표정을 짓고 있다. 튤라가 나쁜 행동을 할 리가 없다고 믿으며 귀여워해주는 이웃집 낸시Nancy는 내가 불평을 늘어놓을 때마다 두 손으로 녀석의 귀를 감싸고 노래를 흥얼거리곤 했다.

아무튼 내 좌절감이 최악으로 치닫는 와중에도 튤라의 지능계발은 중요했기에, 녀석이 안전한 범위 내에서 흥미로운 활동을 할 수 있게 늘 애썼다. 튤라를 데리고 케임브리지 주변 숲을 탐험했다. 숲이 워낙 드넓기에 심장마비를 일으키지 않고도 리드줄을 풀고 튤라를 훈련시킬 수 있었다. 숲속을 뛰어다니는 튤라는 새하얀 늑대 같았고, 녀석의 후각과 시각은 내가 추측만 할 법한 정보를 모두 습득했다. 튤라가 최고로 흥분했을 때는 나한테 오라고 불러봤자 소용없다는 걸 알았고, 그럴 때 부르면 오히려 행동을 제한하는 신호로 오인

될 수 있기에, 가능한 한 멀리 떨어져서 명령을 내렸다. 내가 숲길을 걸어가고 튤라가 저 멀리 언덕 위를 평행으로 달리면서 나를 쳐다보면, 나는 "나 여기 있어, 착하네!"라고 녀석을 칭찬만 할 뿐 내가 있는 곳으로 오라고 하지는 않았다. 가능하면 튤라가 내게 오는 걸 자발적으로 원하도록, 행동의 자유를 충분히 주었다. 이 까다로운 공식은 개마다 각기 다르게 적용된다.

어느 오후, 긴긴 산책이 끝나갈 때쯤 튤라가 다람쥐를 쫓아 가파른 언덕으로 가기에 나도 그쪽으로 올라가는데, 내가 오르기엔 경사가 너무 급하다는 사실을 이내 알아챘다. 긴 작대기를 짚고 내 몸뚱이를 반쯤 끌고 가다시피 하며, 어쩌다 내가 이 동물과 짝이 됐는지 의아한 생각에 사로잡혔다. 지금껏 사육자 두 명 모두 내게 몹시 용감한 강아지를 짝지어줬다. 몹시 용감한 그 개는 5킬로그램일 땐 귀여워도 22킬로그램이 되면 썩 귀엽지 않다. 나는 두 사육자의 결정에 우쭐했었지만, 그 허영심의 결과로 고통받았다. 언덕 꼭대기에 다다르니 숨이 차고 악담이 쏟아져 나왔다. 심장이 쿵쾅거렸고 연약한 다리는 울부짖으며 저항했다. 나를 발견한 튤라는 꼬리를 흔들었다. 래브라도 레트리버를 데리고 주기적으로 산책하는 한 나이 든 여성 옆에 녀석이 서 있었다. 작대기를 짚고 마지막 남은 몇 미터를 끝까지 꾸역꾸역 올라온 내게 그 여인이 우렁찬 목소리로 외쳤다. "어머나! 창을 들고 멧돼지를 잡으러 온 사람 같아요!"

그가 뉴잉글랜드 토박이 말투로 뱉어낸 침울한 평가는 자기 연민의 지하 납골당을 꿰뚫을 만큼 우스웠다. 산책을 마치고 집으로 돌아가며 그가 바라본 내 모습과 현실의 불협화음을 곰곰이 생각했다. 창을 들고 진격하는 모습으로 보였을지 몰라도, 정작 나는 허공에서 비틀거리는 중이었다.

느리게 걷기보단 절뚝거리는 날이 부쩍 늘었다. 그러나 튤라의 사춘기가 끝나간다는 사실을 알았고, 인내해야 하는 경주의 결승선도 눈에 보였다. 내년까지 조금만 더 힘을 내면 우리 둘, 내가 사랑하기로 선택한 이 불굴의 생명체와 나는 괜찮아질 터였다. "3년만 지나면 영혼의 단짝이 될 거예요"라고 사육자가 말했으니까. 그때까지만 해도 그럭저럭 잘되어가는 듯했다.

뚜렷이 기억은 안 나지만, 이 시기에 쫓기는 듯한 꿈을 몇 번 꿨다. 대부분 꿈 속 상황이 명확했다. 이를테면 내가 새벽 세 시에 사자 목에 밧줄을 묶고 동네를 산책하는 꿈이었다. 그러던 어느 날 아침, 깊은 잠에서 깬 나는 꿈속에서 나눈 터무니없는 대화를 기억해내려 골똘히 생각에 잠겼다. 꿈속에서 튤라는 느긋한 자세로 엎드려 있었는데, 앞발을 앞쪽으로 벌린 모습이 요가의 물개 자세와 비슷했다. 일면식도 없던 외과 의사 같은 두 남성이 우리 쪽으로 오더니 한 남성이 걱정스럽단 투로 말했다. "관리를 아주 잘하고 있네요." 처음에는 혼란스럽다가 튤라가 루게릭병과 유사한 퇴행성 근육질환을 앓고 있다는 말에 상황을 이해했다. 사랑스럽다고 느낀 자세가 사실 끔찍한 병이 진행된다는 신호였고, 의사는 대화를 이어가다가 "버팀대brace"라는 표현을 썼다.

두려움에 휩싸이다가 잠에서 깬 나는 내게서 조금 떨어져 잠든 튤라의 건강한 숨소리를 듣고서야 안도했다. 그리고 완전히 정신이 멀쩡해졌을 때는 꿈 내용을 잊어버렸다. 몇 시간이 지나고서 호수 주위를 산책하다가 간밤의 꿈이 뇌리를 스쳤다. 나는 "버팀대"라는 묘한 단어를 떠올리며, 개가 한 쌍으로 함께 지내야 서로 버팀목이 되어 잘 지낸다는 의미인지 아니면 맞닥뜨린 과제를 의연하게 잘 버티라는 뜻에서 쓴 표현인지 의아했다. 이토록 둔한 걸 보면, 내 오랜 두려움이 얼마나 철저히 억눌려 있었는지를 알 수 있다. 하루가 지나 운전을 하던 중에서야 그 꿈을 이해했고, 갓길에 차를 세운 뒤 쪽지에 이렇게 기록했다.

"버팀대는 튤라의 상태와 관련이 있음.
물개 자세는 움직일 수 없는 상태로 서서히 죽어가는 것.
오후 네 시, 그것이 소아마비라는 것을 깨달음."

갓길에서 간략하게 쓴 쪽지 내용을 설명하자면 이렇다. '버팀대'는 내 어린 시절의 끔찍한 기억에서 나온 표현으로, 나를 진료한 정형외과 의사는 우리 엄마에게 금속으로 된 다리 교정기를 주며 밤마다 아이 발에 채워서 아킬레스건을 펴보라고 했다. 내가 다섯 살 때쯤이었다. 수년이 지나고 나서, 엄마는 한밤중 내 비명에 잠에서 깬 적이 있다고 회상했다. 흩어진 경험의 조각이 떠오른다. 차가운 금속의 느낌, 잠자던 나를 깨운 혹독한 통증 그리고 두려움과 무력함 사이 어딘가의 영역은 한 어린아이에겐 특이한 경험이었으리라. 그리고 엄마가 복도를 뛰어 내려오던 소리. 그 소리는 끔찍한 밤의 기억조차 무색하게 한다.
순진한 내 반려견에게 아주 오랜 기억을 심은 관념

은 두 가지를 의미했다. 첫째는 나날이 장난이 심해지는 튤라를 보며 좌절하면서도 내가 무척이나 녀석을 사랑했고 지켜내려 했다는 것. 두 번째는 더 깊고도 모호해서 이해하는 데 시간이 걸렸다. 그것은 바로, 내가 삶을 통과하는 여행을 하는 동안 환한 대낮의 빛을 보느라 약 반세기 전 내게 일어났던 일을 대단치 않게 생각해왔다는 것. 적어도, 어둡고 드러나지 않은 측면에서는 여전히 겁먹고 있다는 것. 모르긴 몰라도 과거가 단지 과거로 끝나지 않았으며, 실은 상태가 더 악화되고 있음을 나는 한동안 직감하고 있었다.

11

멧돼지를 잡으러 가는 판타지는 차치하더라도, 어린 툴라와 함께 지내며 느낀 회의감 때문에 괴로웠고, 얼마 지나지 않아 내 무능의 많은 부분이 신체 상태에 기인한다는 사실을 깨달았다. 개의 위력과 반항은 분명 다른 것인데도 자주 헷갈렸다. 툴라가 앞으로 나아갈 때 드러나는 운동선수 같은 활력과 열의를 길들일 수 없는 야생의 특성이라고 무심코 오해했다. 나는 내가 녀석보다 한 수 앞서고 더 오래 인내할 수 있다고 생각했다("이 싸움에서 내가 이기고 말 거야!"라고 소리친 것처럼). 그러나 훈련할 때 매우 중요한 민첩성이 내게 더는 남지 않았음을 깨달았다. 개에게 나와 나란히 걷는 방법을 가르치려면 속도를 조절해가며 빠르게 유턴을 해야 한다. 대형견이 사람에게 뛰어오르지 않게 하는 가장 효과적인 훈련법은 두 앞발을 잡고 춤을 추거나 두 앞발을 잡은 채로 개의 가슴팍에 한쪽 무릎을 지그시 갖다 대고 누르는 것이다. 튤라를 훈련시킬 때는 나의 인내심뿐만 아니라 집착하는 성격이 강점으로 발휘되었다. 그 덕에 끝없이 반복해야 하는 현실에 굴하지 않고, 아주 어릴 적부터 튤라에게 자제하는 방법을 훈련시킬 수 있었다. 내게서 간식이나 공을 받아가는 튤라에게 "살살"이라고 말하고, 천천히 하라는 의미를 전할 때는 "조심"이라고 말했다. 숲이나 거리에서 내가 엉덩방아를 찧으면 녀석은 달려와 내 얼굴을 핥았다. 우려를 표하는 동시에 우리가 한 쌍이라는 신호였다.

그 무렵 수시로 넘어지던 나는 현실을 외면하는 데 에너지를 소모했다. 소아마비의 후유증과 싸우며 내보인 현실 부정은 오랜 시간 내가 적을 대하는 방식이었는데, 때때로 매우 도움이 되었다. 특히 내 다리가 못하는 것을 다른 신체 부위의 힘을 빌려 보충할 때 그랬다. 상체는 꽤 튼튼했기에 여태까지 임시변통으로 균형감각을 발휘해 잘 버텨왔다. 그러나 최근 한두 해 동안 발을 자꾸 헛딛는 횟수가 많아지자 심기가 불편했고 그러다가 점점 고통스러워졌다. 튤라를 기르는 데는 큰 문제가 없었지만, 컨디션이 나쁜 날에는 불안정하거나 어색한 모습을 보이기에 이르렀다. 빙판에서만 넘어지는 게 아니라 멀쩡한 보도에서도 넘어졌다. 발을 헛디디고 비틀거리거나 휘청했다. 그러면서도 나뿐만 아니라 나를 걱정할 모든 이를 위해 늘 재빨리 자세를 다잡곤 했다.

피곤할 때면 누구라도 알아볼 정도로 티 나게 절뚝거렸다. 특히 정면에서 걸어오는 사람의 눈에는 확연히 보였다. 수년간 알고 지내던 사람들이 내게 왜 다리를 절뚝거리냐고 묻곤 했다. 그때마다 항상 이렇게 대답했다. "내가 다리를 조금 절잖아, 기억나지?"라거나 "그러게, 다리가 좀 쑤시네. 조정하느라 다리에 무리가 갔나봐"라는 식이었다. 낯선 사람이 물어보면 반사적으로 짧고 모호하게 대답했다. "다리가 좀 시원찮아요, 저는 괜찮습니다."

하지만 저렇게 묻는 사람의 수가 우려스러울 정도로 점차 많아졌다. 인정하지 않을 수 없었다. 지인이든 낯선 이든 한결같이 이렇게 물어왔다. "다리를 왜 절뚝거려요?" "다리에 무슨 짓을 한 거야?" "어머, 너무 아파

보여요!" 낯선 이들은 진심으로 걱정하며 물었지만, 내
겐 그들이 묘하게 마치 구경꾼처럼 느껴졌고 결국 내
신경을 건드리는 수준에 이르렀다. 육체적 병약은 두
려움과 연민을 비롯해 다양한 정서적 반응을 검사하
는 로르샤흐 테스트Rorschach Test[24]와 같다. 호기심 많
은 사람이 답을 강요하듯 묻다가, 소아마비를 겪었다
는 내 대답을 들은 뒤 짓는 당황스러운 표정이 내겐 가
장 거슬렸다. 소아마비가 콜레라처럼 전염되기라도 한
다는 듯이, 감옥에 갔다 온 사람 보는 듯한 표정을 지을
때 말이다. 부주의한 질문을 피하고 좋은 사람의 관심
만 받아들였다. 대부분이 좋은 사람이긴 했다. 2002년
에 처음 만난 피터도 알게 된 지 얼마 되지 않았을 때
내 걸음걸이에 대해 말한 적이 있는데, 나는 그의 말하
는 방식에서 처음으로 호감을 느꼈다. 함께 개를 데리
고 동네 공원으로 걸어가던 중 그가 무미건조하게 "다
리를 왜 절뚝거려?"라고 물었다. 내 대답을 들은 그는
"우와! 소아마비를 겪은 거야?"라고 되물었다. 소아마

24   스위스의 정신의학자 헤르만 로르샤흐Herman Rorschach가 개발
      한 투사 검사로, 개인의 무의식, 정서, 성격 구조 등을 분석하는
      방법이다.

비가 마치 모험이나 특별한 상황이라는 듯. 어떤 점에선 나도 그렇게 생각한다.

하지만 이런 대화는 늘 두 사람의 시공간이 충돌하는 순간에 일어난다. 모호하든, 직접적이든, 우리는 사적이며 공공연한 영역을 드러낼 때 그 범위에 대해 스스로 협상을 한다. 내면에 상처를 지녔다면 무엇에 관해, 누구에게, 얼마나 드러낼지 결정권을 갖는다. 하지만 외부로 드러난 흉터는 상처가 보이기 때문에, 사람들은 실제든 아니든 상관없이 그 사람에 대해서 아주 많은 부분을 안다고 착각하는 경향이 있다.

나는 보통 소아마비를 언급할 시점을 본능적으로 정하지만, 꼭 말해야 할 때까지 조정 코치에게 말하지 않겠다고 규칙을 세웠다. 동정이나 과잉보호를 받고 싶지 않았으니까. 그들이 내 의욕을 꺾거나 내가 훈련을 다른 사람의 반 정도밖에 따라오지 못할 거라 여기는 게 싫었다. 이 규칙은 수년간 효과를 발휘했다. 하지만 땅 위에서의 신체 기능이 확연히 약해지자, 지켜내기가 힘들어졌다.

내가 털어놓지 않던 두려움은 무엇이었나. '소아마비 후 증후군PPS'이라 불리는 증상을 알고 있었고, 더 자세히 알아보는 행위와 그런 건 존재하지도 않았다는 듯 모른 척하는 행위 가운데에서 흐느적거렸다. 이따금 늦은 밤이면 국립보건원NIH 홈페이지에 들어가 증상을 공식적으로 설명한 글을 읽고 또 읽었으며, 술 게임으로 스무고개 하듯 슬쩍슬쩍 그것을 읽다가 가끔 가슴이 철렁 내려앉았음에도 다음 날이면 아무것도 읽지 않은 사람처럼 굴었다.

소아마비 후 증후군은 소아마비를 극심하게 앓은 사람에게 더 자주, 더 심하게 나타나며, 근손실을 일으켜 정상적인 생활이 불가할 정도로 과도한 피로감을 야기할 수 있다. 내가 맨 처음 본 소아마비 후 증후군 환자는 예전 남자친구의 어머니였다. 어린 시절 소아마비를 앓다가 성인이 되어서는 지팡이를 짚고 다니는 정도로 회복했지만 50대에는 휠체어에 앉아야만 했다. 그분이 40대 때 찾아갔던 신경과 전문의는 증후군 때문에 느끼는 불안감을 완화해주었다. 그 전문의는 신경세포의 손실이 많아질수록 운동을 적게 할 수밖에 없고, 일반적인 노화로 근육량이 줄어 많이 망가진 상태일수록 소아마비 후 증후군의 영향이 심하다고 말했다. 달리 말해 소아마비를 앓을 당시 손상이 심할수록 수십 년 뒤에 심한 부작용이 생길 가능성이 높아지는 것이다.

내가 괜찮을 거라는 증거는 있었다. 중년에 조정을 배워 소아마비 후 증후군을 겪지 않겠다고 작정했다. 열심히 필라테스 하는 내게 필라테스 강사는 50대 초반에 운동 능력을 다 써버리는 건 아닌지 걱정할 정도였다. 소아마비를 앓은 이들 가운데 모래시계 안에 남은 모래를 걱정하며 아주 가벼운 운동만 하는 사람도 있었으니까.

이 모든 일화를 통해 얻은 통찰이 무엇이든, 내 상태로 볼 때는 무용했다. 수년간 소아마비 후 증후군이라는 개념 자체가 낮 동안 내 의식에 침투하지 못하도록 애썼다. 이미 적절한 운동, 충분한 수면 등 처방대로 모두 실천하고 있었다. 국립보건원에서 명시한 예후가 "치료법 없음, 치유 불가"임을 감안하면, 현실 부정은 내가 취할 수 있는 최선책이었다.

12

넘어지는 건 그렇다 치고, 통증은 완전히 딴 세상 이야기였다. 보통 넘어져서 삐끗하거나 타박상을 입었을 때 느끼는 통증과 다른 통증을 주기적으로 느꼈다. 기억하는 한 이런 적은 처음이었다. 대재앙 대부분이 처음에는 아주 미세한 균열에서 시작되듯 통증이 슬금슬금 다가왔다. 종아리 경련, 근육통, 사타구니 좌상이 생기더니 어느 날 밤에는 아무리 이불을 많이 덮어도 다리가 차가웠고, 이따금 몸이 할 일을 모두 거부하고 시위하듯 그냥 힘이 풀려버렸다.

이 모든 증상을 설명하는 나만의 방식이 있었다. 각각의 찌릿함, 쑤심 혹은 경련이 일시적이며 있을 법한 일이라고 스스로 확신했다. 하지만 불과 몇 년 전 내 모습과 비교하기 시작하면서 점점 침울해졌다. 그리 오래되지 않은 과거에만 해도 나는 힘이 넘치는 개한테 휘둘리지 않을 자신이 있었다. 그런데 이제는 큰 개가 나를 보고 반가운 듯 다가오기만 해도 울타리를 붙잡았다. 우리 집에서 출발해 호수 주위를 한 바퀴 돌면 약 5킬로미터를 걷게 되는데, 이전엔 충분히 걸을 수 있던 이 코스가 이제는 엄청나게 힘겨워졌다. 어렵사리 해낸다 해도 두 시간 남짓 걸렸다. 튤라는 피터나 낸시와 함께 산책할 때면 순종 경연에 나온 모델 개처럼 나란히 잘 걷다가도, 나와 함께 걸을 때면 앞으로 돌진했다. 산책하는 사람의 일반적인 걸음 속도를 터득한 튤라는 그에 비해 나의 걸음걸이가 왜 이렇게 느린지 이해하지 못했다.

2009년 가을, 몇 년마다 한 번씩 만나던 친구들을 보기 위해 오스틴에 갔다. 친구 세 명이 심하게 절뚝이는 내 모습에 놀랐다. 어릴 적 소아마비에 걸렸던 사실을 잊었냐고 되물으며, 그저 다른 사람처럼 늙고 있다는 증거라고 말해도 소용없었다. 수십 년이 된 친구 한 명이 고집을 부리는 바람에 나는 집에 돌아오자마자 정형외과 진료를 예약했다. 1950년대 소아마비 환자를 대상으로 한 선구적인 재활에 경험이 있는 의사여서 그런지, 그는 내가 헐렁한 카고바지를 입었는데도 어느 근육에 어떻게 소아마비의 영향이 미쳤는지 한눈에 알아보았다. 그에게 지난 2년간 자주 넘어졌다고 말하며 기억나는 것만 열세 번 정도라고 했다. 그는 여전히 냉철하고 침착하게 나를 격려했다. 내가 통증에 대해 말하자 어깨를 으쓱하며 그가 말했다. "환자분은 제가 지금껏 만나본 여느 소아마비 환자들과 다르지 않아요. 할 수 있다는 자세가 보이네요." 나는 우울한 질문 목록으로 의사에게 실망을 안기고 싶지 않았지만, 내 뜻대로 밀고 나가기로 하며 이렇게 물었다. "소아마비 후 증후군에 관해 어떻게 생각하세요? 요즘 관련 정보를 많이 찾아보고 있거든요." 그가 웃으며 되물었다. "그래서, 위키피디아에는 소아마비 후 증후군에 대해서 뭐라고 써 있던가요?"

순간 모욕감을 느꼈지만, 꾹 삼키고 내가 읽은 자료가 유명한 재활 병원과 국립보건원 홈페이지에 있는 공식적인 내용임을 강조했다. 그러자 의사는 그 내용이 일반적인 노화에 (부분적이거나 개인에 한정된) 소아마비의 영향을 더하여 근거를 강화했을 뿐, 노화를 지나치게 과장하고 불필요하게 겁을 주는 설명이라고 생각한다며 그 이유를 말했다. 의사가 내 상황을 낙관적으로 봐주니 안정감이 들었다. 그는 (대형견 기르기, 조정과 수영하기 같은) 내 생활 방식을 응원했고, 통증은 무시할 만한 수준임에 반해 영혼은 무시하지 못할 만큼 긍정적인 사람으로 나를 봐주었다. 의기양양하게 진료실을 나오며 '나는 강해질 수 있다! 소아마비 후 증후군은 존재하지도 않는다!'라고 속으로 외쳤다. 그 뒤 몇 달간은 의사가 생각한 나의 모습에 부응하려 애썼고, 집에 가서는 그가 제안한 대로 지팡이를 주문해 일단 옷장 안에 두었다.

그해 겨울에는 빙판길에서도 잘 다녔는데, 봄이 되어 뒷마당에서 발을 헛디디는 바람에 판석 위로 세게 넘어졌고 왼팔의 아래쪽 뼈가 골절됐다. 골절 진단을 받기까지 한참이 걸렸다. 처음 동네 병원에 엑스레이를 찍으러 갔더니 수술 어시스턴트는 내 팔을 만져보지도 않고 곧장 엑스레이 과로 보내며 팔의 아래쪽이 아닌 팔꿈치를 확인한다고 했다. 2주가 지나 마당에서 무거운 화분을 옮기고 난 뒤 날카로운 통증을 느껴 추가 엑스레이를 찍으러 동네 병원에 갔다. 그날 밤, 의사가 내게 전화해서 메시지를 남겼다. "안 좋은 소식이 있는데요, 팔뼈가 부러졌네요. 좋은 소식은, 우리가 한 것도 없는데 뼈가 스스로 잘 붙고 있더라고요!" 그 말을 듣는 순간 나는 의사를 바꾸리라고 결심했다. 물론 의사를 바꾸는 일이 처음은 아니었지만.

몇 주가 지난 뒤, 기차로 뉴욕에서 집에 돌아오는 약 네 시간 동안 다리를 앞으로 쭉 뻗고 앉아 있었다. 보스턴의 백베이Back Bay 역에 도착해 일어나려고 하다가, 안 그래도 허약한 다리 바깥쪽에 급성 통증이 느껴져 걷지 못하게 될까 봐 두려웠다. 조금 걷다가 멈춰 서서 바퀴 달린 여행 가방 위에 앉았고, 다시 20미터 정도를 걷고 또 멈추는 식으로 겨우 역을 빠져나왔다. 택시를 탄 시점에는 온몸이 땀에 흠뻑 젖었는데, 아마도 나를 거기까지 걷게 해준 아드레날린이 뿜어낸 땀인 듯했다. 의사는 내 상태를 '심각한 좌골신경통'으로 진단하며 물리치료에 필요한 소견서를 써주었다.

젊고 호리호리한 여성인 대니엘은 상냥하면서도 사무적인 태도로 일관했다. 대니엘의 물리치료실에 일주일에 두 번 가서 다리들기와 코어 강화 운동, 플랭크와 코브라 자세를 배운 뒤 저항 밴드 몇 개를 받아 집에서 운동하겠다고 다짐하고 돌아왔다. 그러고는 주로 물리치료 예약일 전날 밤에만 약속한 대로 운동했고, 대니엘에겐 마치 매일매일 연습한 척했다.

　이러한 나의 반항은 물리치료 환자의 전형적인 모습이었는지도 모르겠다. 바닥에 누워 물리치료사가 알려준 대로 운동하면 피곤하고 통증도 심했기에, 지켜보는 사람도 없는 데서 제대로 하기가 쉽지 않았다. 다리를 강화하려고 노력하다가 패배감도 느꼈던 것 같다. 바닥에 누워 연습하려고 하면 보통 중간에 튤라가 테니스공을 물고 왔고, 그런 튤라 덕분에 웃다가 안도감을 느꼈다. 다시 운동을 시작하기 전에는 튤라와 코 당구를 한판 하곤 했다. 하지만 불가피하게도 나는 애머릴로의 차가운 바닥에서 느꼈던 익숙한 무력감을 느꼈다. 그맘때쯤 자주 찾아온 통증 때문이기도 했고, 아마 일부분은 노화 때문이었을 텐데, 그 둘은 최근 들어 부쩍 나의 희망을 짓뭉개는 요인이었다. 하지만 이번에는 내가 서 있는 어두운 내리막길이 더 자세히 보이는 느낌이었다. 아주 가볍게 떠나는 여행조차 생각만 해도 피곤했다. '친구와 저녁 약속은, 음, 차에서 내려 레스토랑까지 얼마나 걸어야 하는지에 따라 다르겠지?' '공원에서 피터를 만나 10분 동안 반 블록 정도만 걸어서 개를 산책시키는 일은? 미안하지만 오늘 밤은 힘들 것 같아.' '만일 식료품 가게에서 장을 보다가 저 멀리 통로에서 사야 할 걸 빠뜨렸다면? 그냥 안 사고 말래.' 심지어 나는 너무나 사랑하는 숲에서도 열 걸음이라도 덜 걸으려고 지름길을 택했다. 조정은 그나마 할 만했다. 몇 킬로미터 정도는 걸을 수 있었지만, 그런 날엔 온종일 쉬어줘야 했다. 고꾸라질 걱정 없이 통증에서 자유로운 유일한 장소는 물속뿐이었다.

이제는 알지만, 당시에는 몰랐다. 만성 통증은 비열한 전술가와 같아서 삶을 조금씩 조금씩 앗아간다. 원시적인 생존 본능에 따라 통증을 인지하고도 별다른 조치 없이 통증에 순응하고 현실을 부인한다. 모든 문제에서 그렇다. 우리는 나쁜 상황을 마주하면 스스로를 마비시킬 방법을 찾는다. 적어도 문제가 시작될 때는 마치 적이 없다거나 혹은 사라질 거라고 혹은 다신 이런 일을 저지르지는 않을 거라고 쉽게 믿는다. 걸어야 할 전화를 내일로 미루듯 무엇이든 미루는 게 제일 쉬운 법이다. 그러나 고개를 들어 보면, 그 골칫거리는 이미 당신을 방구석으로 몰아넣고 삶의 다른 모든 부분을 가리고 있다.

나는 내게서 시선을 돌려 나머지 세상을 지켜보았고 그제야 내게 일어난 일을 이해하기 시작했다. 나보다 나이가 많아 보이는 사람이 공항에서 성큼성큼 걸어다니고, 호수 주변에서 조깅을 하고, 평생토록 경험해보지 못한 안정감을 보이며 움직이는 모습에 경탄했다. 그해 여름에 여행 중이던 나는 수영장에서 낮 시간을 보낼 때면 물속에 몇 시간 정도 있었다. 낮 동안 여행한 날엔 밤에 호텔에 돌아와서는 안도감을 느끼며 축 늘어졌고, 룸서비스와 진통제에 의지하며 그나마 버틸 수 있었다.

가을 내내 대니엘에게 물리치료를 받았다. 어느 날 아침, 물리치료를 받으러 간 나는 이실직고하기로 마음먹었다. 치료대 위에 누워 다리들기를 하다가 내 오른쪽 다리가 얼마나 약해졌는지 설명을 듣는 게 너무 싫었다. 한 세트를 마저 끝낸 뒤, 그를 향해 고개를 돌리고 머뭇거리다가 말했다. "고백할 게 있어요. 사실 그동안 프로그램대로 운동을 잘 안 했어요. 패배한 거 같다는 생각이 요즘 부적 들어서요." 나는 그가 공감해주길 기대하면서 격려와 긍정의 마법 총알이 돌아오길 내심 바랐다. 하지만 내가 본 것은 침울하고도 약간 짜증 어린 대니엘의 표정이었다. 그는 치료대에서 몸을 일으키더니 팔짱을 끼고 말했다.

"글쎄요, 환자분이 저 때문에 운동하는 건 아니잖아요. 여기 오시든 안 오시든, 저는 월급을 받아요. 이 운동을 맹신한다고 해서 효과가 보장되진 않지만, 한 가지 장담할 수 있는 건 운동을 제대로 안 하시면 전혀 나아지지 않는다는 거예요."

집으로 돌아간 뒤 툘라를 데리고 숲으로 향했다. 우리는 가을볕이 내리쬐는 오후의 산책로에서 시간을 보냈다. 툘라가 얼룩 다람쥐를 쫓는 동안, 나는 다시금 떠오른 대니엘의 가시 같은 차가운 공표에 찔린 듯했다. 한편으론 그 말이 진실임을 인정했다. 내 신체와 인생을 바꾸는 일이 낯선 물리치료사에게 달린 문제는 아니었다. 그의 냉담하고 완고한 태도가 내 문제가 아니란 것도 알았으며, 그가 나를 비난할 위치에 있는 사람이 아니란 사실도 알았다. 그러나 안다고 해서 그 말을 들은 내 감정이 평탄해지는 건 아니었다. 좌절감이 차올랐고, 이제 와 돌아보면 그것은 수치심이었으며, 이런 감정의 불화는 내게 어떤 상징처럼 다가왔다. 오직 과거만이 현재에 짙은 그림자를 드리울 수 있다. 그날 내가 경험한 감정은 소녀였던 내가 느낀 감정이었다. 평생 그 감정을 다시는 느끼지 않으려 애쓰며 살아왔다.

"음, 너 그거 알아? 엄마는 우리가 어린 티를 벗기도 전에 뺑 차버렸잖아." 언니가 말했다. 상호보완적이면서도 서로 버전이 다른 과거 기억을 대화로 끝없이 이어갈 때였다. 나보다 얌전했던 언니 팸은 대학을 마치고 댈러스Dallas로 넘어가 직장을 구했다. 엄청난 책임감을 떠안기 직전에 청년 대부분이 그렇듯, 언니는 엄마에게 뺑 차일 준비가 아직 안 됐던 걸지도 모른다. 나야 진즉에 떠나버려서 잘 깨닫지 못했으며 주위에서 저항적인 문화를 자주 접한 탓에 어디 매이기보다는 혼란스러운 시절을 보냈다. 1973년, 나의 저항심은 나를 오스틴에서 샌프란시스코로, 버클리로, 그다음엔 뉴멕시코주 타오스Taos로 그리고 다시 오스틴으로 이끌었다. 부모님께 내가 어느 도시에 머무는지 알린 기억이 거의 없다. 하지만 역사란 것이 늘 등장해 개인들의 흔적을 해석하고, 그 흔적을 거대한 사회적 진실 속으로 몰아넣는다. 물론 입 밖으로 내지 않을 때도 있었지만, 뼛속 깊이 스며 있던 내 반항심은 어떤 상황에 닥쳤든지 결국 수면 위로 드러났으리라 생각한다.

그때였을까, 나를 수년간 머나먼 곳으로 이끌었지만 결국 해체되어야만 했던 거친 페르소나의 시작이? 거친 기질은 때론 어두운 거리에서 위험에 처한 당신을 구하기도 한다. 하지만 당신을 죽일 수도 있으며, 새벽 세 시, 내면의 악마들과 맞닥뜨린 당신에게 이 기질은 그리 유용하지 않다.

거친 기질은 나를 텍사스에서 벗어나게 해주었고, 아드레날린과 테스토스테론의 힘을 빌려 뉴스룸에 입성하도록 떠밀기도 했다. 다만, 처음으로 AA 모임에 가거나 치료사를 찾아가고 혹은 모든 연애가 그렇듯 상처를 드러내야만 하는 불쾌함 속으로 들어간 것도 모두 거친 기질 덕인지, 그것까진 잘 모르겠다. 아무튼 이 모든 것을 마주했고, 거친 기질도 어느 시점에 이르자 그저 뻔해졌으며, 좋든 나쁘든, 누군가를 속이는 허식이 되었다.

똑똑하면서 아주 완강한 어느 편집자와 수년간 일했다. 기자에게 칭찬하기와 횡포 부리기를 비등하게 하는 사람이었다. 우리는 사이가 좋았고, 두어 번 뉴스룸에서 몰래 나와 레드삭스[25] 경기를 보러 간 적도 있었다. 우리 아빠가 그랬듯, 그는 내가 실패할 수 없는, 적어도 실패를 인정하지 못하는 사람이라고 믿었다. 5년 이상 나를 지켜본 그가 어느 날 내게 왜 다리를 절뚝이

---

25   매사추세츠의 주도 보스턴이 연고인 미국 프로야구단이다.

는지 물었다. 나는 "기억 안 나요? 어릴 때 소아마비였다고 했잖아요. 나 원래 조금 절뚝이는데"라고 대답했다. 그러자 그가 말했다. "오, 정말? 나는 일부러 건들거리는 줄 알았지."

　거친 것과 강한 건 물론 다르다. 이따금 병원 복도에서, 무덤가에서 혹은 응급상황에서 거친 기질은 강한 것처럼 보이기 쉽다. 지켜보는 이가 아무도 없을 때가 가장 힘든 시간이며, 그때는 당신이 강한지 강하지 않은지가 전혀 중요치 않다. 삶이 하수구로 빠져든다고 느낄 때, 밑바닥의 외로움이 다른 모든 것을 잠식해 버릴 때. 그럴 때는 동물적 본능이 차고 나와 우리 대부분은 빛을 향해 기어간다. 모든 군인은 경험상 잘 안다. 아마 모든 포유류도 마찬가지일 것이다. 우리는 그걸 용기라고 부르면서도, 정작 신체는 그 용기를 인지하지 않는다. 당신은 그저 고개를 푹 숙인 채 계속해서 앞으로 기어갈 뿐이다.

13

대니엘에게 고백을 일축당해 느낀 패배감은 주말이 되
자 다른 무언가로 변해 있었다. 나는 호수 주변을 더 크
게 돌며 걸었다. 그해 조정 시즌에는 회원에게 요구되
는 최소한의 거리만 채우고 조정 연습을 마무리했다.
12월에는 숲에서 호수에 이르는 둘레길 전체를 걸었
고, 그 거리는 3킬로미터가 넘었다. 두 시간 이상 걸려
도 개의치 않았다. 보통 튤라와 샤일로를 둘 다 데리고
다녔는데, 녀석들도 느릿느릿한 내 걸음 속도에 적응
해서 내가 걷는 동안 앞서 언덕으로 달려나가곤 했다.
도시에서 걸을 때와 달리 소나무 숲길에서 걸을 때 느
끼는 통증은 참을 만했다. 매번 호수 주변 둘레길을 돌

면서 나는 다시 해보자고, 근육을 단련해 통증을 이겨내자고 다짐했다.

겨울이 찾아왔고 폭설 이후 꽁꽁 언 땅은 이듬해 4월까지 녹지 않았다. 코커 스패니얼과 푸들 교배종인 맥스Max를 기르는 친구 진Jean과 함께 반려견을 산책시켰다. 산책하다가 때때로 한 손은 울타리를, 한 손은 진을 붙들고 멈춰섰다. 길이 미끄러웠기에 우리는 신발 바닥에 미끄럼 방지용 금속을 붙였고, 나는 산책을 시작하기에 앞서 지팡이로 쓰기 좋은 나무 작대기를 주워 들었다. 얼음이 녹고 나서도 나는 계속 나무 작대기를 짚고 걸었다. 하루 끝에 수영장에 가서 물속에 들어가면 언제나처럼 안도감을 느꼈다. 그러나 스트레칭을 하고, 휴식을 취하고, 걷다가 멈춰보는 등 무얼 하든 간에 극심한 통증이 신체 여기저기를 옮겨 다녔다. 이런 현상을 제대로 설명할 수도, 떨쳐낼 수도 없었다.

통증에 관해서 그리고 항상 아프다는 사실에 관해서 거의 말하지 않았으며, 최악의 가능성에 대해서도 입을 뻥끗도 하지 않았다. 최악의 가능성이란, 이 통증이 소아마비의 유산이며 결국엔 내가 휠체어에 앉는다는 시나리오였다. 튤라는 내가 넘어질 때마다 곁으로 달려왔지만, 녀석이 이런 상황을 일상처럼 익숙하게 느낀다는 사실에 절망했다. 내가 집 안에서 앉아 있을 때 내는 신음에 익숙해졌을 텐데도 튤라는 여전히 내 쪽을 쳐다보았고, 더는 놀라지 않는다는 표정을 지었다. 신음이 자동차 열쇠 소리나 웃음소리만큼이나 친숙한 소리가 되어버린 것이다.

3월 초에 새로운 동네 병원을 찾아갔다. 오랜 기간 진료를 받아봤다는 지인이 강력하게 추천한 의사가 있는 곳이었다. 지난 몇 년간 불상사를 겪을 때마다 임시변통으로 조치를 취하면서, 연민 어린 마음으로 내 말을 들어주는 의사와 함께 만성 통증에 대해 이야기하길 진정 원했다. 래니어Ranere 박사는 덩치가 크고 친절한 남성 의사였는데, 나라는 사람과 가족력 그리고 의술 자체에 관심이 많다는 걸 단번에 알 수 있었다. 늘 그랬듯 어릴 적에 소아마비를 앓았으며, 수년간 운동으로 힘을 길렀고, 최근 들어 통증이 심해졌음을 그 의사에게 쭉 설명했다. 그가 어디가 아프냐고 물었을 때 나의 뇌는 너무 많은 정보로 혼란스러울 정도였다. '지금까지는 어디가 아프냐고 물은 사람이 있었던가?' 잘 기억이 나질 않았다. 아무튼 다리 아래쪽을 가리키던 손을 위로 올리며 "여기, 여기 그리고 여기, 또 여기······"라고 대답했다. 만난 지 20분도 채 지나지 않았는데, 내가 수년간 만난 모든 의사보다 래니어 박사가 더 철두철미하고 신중하다는 게 느껴졌다. 그는 신경과 전문의를 찾아가 소아마비 후유증에 관해 알아봐야 할지 고심하다 말고, 내 증상을 잘 이해할 수 없다며 물었다. "소아마비는 신경질환이죠. 그러니까, 다리가 약해지는 현상은 이해가 되는데 통증의 원인일 수는 없는 거죠. MRI 결과는 어떻던가요?" MRI 같은 건 전혀 찍어본 적이 없노라고 대답했다. "그렇군요, 그럼 엑스레이는요?" 내 대답은 이번에도 같았다. 지난 20여 년 동안 다리를 삐고 상처가 나고 점점 약해지고 불편감이 있었는데도 아무도, 정형외과든 내과든 신경과든 물리치료사든, 엑스레이 촬영은커녕 언급조차 한 적이 없었다. 이 사실을 알자 래니어 박사의 넓고 환한 얼굴에 주름이 깊게 졌다. 그는 내게 한번 걸어보라고 했다. 그러더니 다리를 확인해볼 테니 침대에 누워보라고 했다. 그가 내 허벅지 바깥쪽에 손을 대는 순간 너무 아파서 저세상으로 가는 줄 알았다. 그가 다정하게 말했다. "여기서 나가서 바로 엑스레이 과로 가세요. 엑스레이 사진을 찍고 나서, 그걸 보면서 다시 이야기하자고요."

내 상태에 진심 어린 관심을 보이는 의사에게 감사

한 마음이 들며 안심이 되었다. 그러나 실은 그리 큰 기대를 하진 않았다. 수년간 소아마비 혹은 나를 무기력하게 만드는 후유증을 치료하기 위해 해볼 수 있는 방법을 두고 고개를 가로젓는 의사를 너무 많이 만났다.

다음 날 저녁, 책을 출간한 친구의 저자 사인회에 참석하려고 옷을 차려입는데 전화벨이 울렸다. 전화를 건 래니어 박사는 "결과가 나왔어요"라고 말을 꺼냈다. "지금 환자분의 엑스레이 사진을 보고 있어요. 그동안 통증이 그렇게 심했던 게 당연해요. 고관절이 남아 있질 않네요."

나는 손에 펜을 쥐고 메모하기 시작했다. 수년간 기자로 일하며 생긴 버릇이 나쁜 소식을 접할 때마다 튀어나왔다. 나는 '고관절 없음'이라고 봉투 뒷면에다가 갈겨썼다. "동그란 고관절이 완전히 납작해졌어요. 뼈 위에 바로 뼈가 있는 상태죠. 혹도 있고 뼈도 튀어나오고 흉터도 있네요. 심한 퇴행성 고관절염입니다. 고관절 전치환술股關節 全置換術을 받으셔야 해요."

그 이후에 나눈 대화 내용은 기억나지 않는다. 래니어 박사는 전화를 끊기 전 마지막으로 질문이 있냐고 물었다. 나는 "음, 물어볼 건 많죠. 그런데 제일 중요한 건, 박사님은 이 모든 상황을 어떻게 생각하시나요?"

라고 물었다. 왜 그런 질문을 했는지 모르겠지만, 이제
와 생각하면 그게 내가 할 수 있는 최선의 질문이었고,
나의 허심탄회한 질문에 박사의 경계가 누그러진 듯했
다. "솔직히 저는 안심이에요. 소아마비 후유증이라면
할 수 있는 게 없잖아요. 하지만 이건 고칠 수 있어요.
환자분이 고관절 전치환술을 받는다고 할 때, 하나 걱
정되는 건 재활이에요."

그날 밤 나는 친구의 저자 사인회에 가서 사람들과
자연스레 어울리려고 노력했지만, 가까스로 차를 끌고
가서 참석한 정도에 그쳤다. 마음이 동요했다. 내게 놀
랄 만한 소식이 찾아왔다는 사실을 깨달았다. 이 새로
운 진단은 흔하디흔한 병명이었음에도 지난 몇 년간의
내 과거와 미래의 가능성을 바꾸었다. 다리를 절뚝거
리는 10여 년 동안 걱정하고 의아하게 여긴 지인과 의
사가 많았는데도, 늘 소아마비만 문제의 원인으로 여
겨 아무도 그 너머를 보지 못했다.

장래가 유망한 의사들이 수련 과정에서 접하는 격언
이 하나 있다. "말발굽 소리가 들리거든 얼룩말이 아닌
말을 떠올려라." 나의 병력에서는 그 반대 상황이어서
문제였다. 얼룩말처럼 드물고도 특수한 소아마비가 처
음부터 사정거리 내에 있었기에, 어슴푸레한 상황에서

누구도 다음과 같이 생각하지 못했다. '빌어먹을, 이 주변에는 그냥 말도 있을 거야'라고. 지금까지도 말이다.

그렇게 나의 1인 연구 프로젝트가 시작되었다. 이후 몇 주에 걸쳐 고관절 전치환술에 관한 글을 읽고 또 읽었다. 접근 방법, 실패율, 재활 프로그램, 회복 그리고 결과까지. 접한 데이터는 넘쳐났고, 계속 접하다보니 내 머릿속에선 흐릿해지다 못해 무의미해지는 지경에 이르렀다. 수술에 필요한 의학 기술은 지난 20년 동안 극적으로 개선되었고, 그에 따라 수술을 받은 환자 수도 늘었다. 미국에서만 한 해 동안 행해진 고관절 전치환술이 대략 30만 건에 이른다. 누구든 한 다리 건너 아는 사람이 그 수술을 받았을 법한 정도였다. 이렇듯 특정 수술을 받은 사람이 넘쳐나는 경우에 위험이 내재한다. 예를 들어 누군가가 임신을 하거나 애도 중이거나 어깨 회전근이 파열됐다고 하면, 길에서 만난 낯선 이라도 하고 싶은 말이 많다. 어떤 남성이 수술한 뒤 불과 5분 뒤에 테니스를 쳤다거나, 누군가의 고모가 수술하고 다시는 잘 걷지 못하더라는 황당한 여러 이야기를 감내해야 한다. 완곡어법과 공포스러운 이야기, 해피엔딩이 넘쳐난다. 온라인 커뮤니티에도 끔찍한 결과부터 신비한 일화까지, 온갖 영상과 이야기가 있다. 나는 굶주린 포로처럼 모든 것을 집어삼켰다.

래니어 박사는 가까운 의과대학 부속병원의 정형외과로 나를 전원시켰고, 예약을 잡은 나는 엑스레이 사진을 디지털 파일로 받아오라는 안내를 받았다. 디지털 파일이 저장된 외장하드를 받아서 집에 온 뒤 엑스레이 사진을 들여다보았다.

나는 엑스레이를 보는 데는 여느 일반인처럼 비전문가였다. 그런데도 모니터에 뜬 엑스레이 사진을 보자 숨이 턱 막혔다. 왼쪽 다리 상부에는 고관절이 멀쩡하게 있고, 진주처럼 하얀 대퇴골두[26]는 비구[27]에 잘 들어가 있었다. 짙은 회색인 연골이 주위를 둘러싸서 관절에 발생하는 충격을 완화하여 뼈끼리 서로 부딪치지 않고 다리가 움직일 수 있게 한다. 그리고 여기, 다른 한쪽 고관절이 있다. 흰색 부분이 폭파된 상태처럼 보였다. 엑스레이 사진에서 한쪽 다리는 해부학 그림

---

26   넙다리뼈머리를 뜻한다.

27   엉치뼈 바깥쪽에 우묵하게 들어간 뼈 부위를 뜻하며, 골반뼈와 넙다리뼈머리를 연결하여 엉덩관절을 이룬다.

처럼 보였고, 다른 한쪽 다리는 빛에 과다 노출된 원본 사진처럼 보였다. 오른쪽 대퇴골 상단이 부엌 식탁만큼이나 평평하고 그것을 둘러싼 비구에서는 무언가가 왈칵 쏟아져 나오는 듯 보였다. 나의 통증 내력과 악수하는 기분이었다. '이런, 여기 있었구나'라고 생각했다. 모든 통증의 사진이 바로 여기 있구나.

　병원 대기실에서 받은 설문지에는 특별한 내용이 있었다. 환자가 지난 6개월 동안 경험한 통증의 종류를 열일곱 가지로 구분한 여러 표현이었다. "타오르는" "찌르는" "쑤시는" "지속하는" "둔한" "욱신거리는" 등의 통증 묘사가 이어졌다. 단어 표현에 민감한 사람으로서 이렇게 적확하게 구분하여 표시한 데 감사했다. 그중 열한 개에 체크했다.

　M 박사는 외과 수술의의 표본 같았다. 솔직하고 간소하게 말하며 나보다 내 엑스레이 사진을 훨씬 더 유심히 들여다보았다. 손상 정도가 "상당히 심하다"라고 말하며 래니어 박사의 진단이 사실임을 확인시켜주었고, 두어 달 이내에 수술을 받으라고 말했다. 나는 그에게 이 상태가 얼마나 오래된 것인지 알 수 있냐고 물었다.

그는 어깨를 으쓱하고는 대답했다. "5년은 넘었고, 거의 10년 정도는 되어 보이네요."

내 고관절 상태가 얼마나 나쁜지 수치화할 수 있냐고도 물었다. "매년 수백 개의 엑스레이 사진을 보시잖아요. 범주의 한쪽 끝에 수술까지 2년 정도는 기다려도 되는 환자가 있고, 반대쪽 끝에는 내일 당장 수술을 받아야 하는 환자가 있다면, 저는 어느 정도인가요?" 이번에는 어깨를 으쓱하지도 않고 그가 대답했다. "이런 엑스레이 결과가 나올 만한 환자라면 대부분 한참 전에 여기 왔을 거예요."

엑스레이 촬영은 병원에서 하는 가장 흔하고 효율적인 검사 방법이다. 지난 20년간 다리 상태를 진료받기 위해 만난 의학 전문가가 몇 명이나 되는지 다 셀 수 없을 정도로 많다. 운동하라거나, 물리치료를 받으라거나, 진통제를 먹으라거나, 코리티손cortisone(관절염 등의 부종을 줄여주는 호르몬이다) 주사를 맞으라는 등 여러 진단을 내렸고, 어떤 의사는 구두 수선공을 알아보라는 말도 했다. 그러나 여태껏 나를 비롯한 그 누구도, 단 10분 정도 소요되고 보통 몇십만 원만 있으면 할 수 있는 엑스레이 촬영을 해볼 생각은 하지 못했다.

좋아하는 우스갯소리가 하나 있다. 어느 허풍선이가 죽을 때 묘비명에 '그래, 하지만 내가 옳았어'라는 문구를 새겼다는 이야기다. 나도 그런 경향이 있다. 확신에 너무 집착한 나머지, 확신보다 더 광범위하거나 미묘하게 차이가 있는 부분을 쉽게 놓쳤다. 평생 소아마비의 영향을 극복하려 애쓰며 살았고, 그러느라 그밖의 다른 생각을 할 여지가 없었다. 래니어 박사는 수년간 만나온 여러 의사 중 처음으로 내 추측보다 자신이 관찰한 것에 더 관심을 둔 사람이었다.

지난 몇 년간 깨달음을 얻은 모든 순간 중 새로운 진단을 받고 만세를 부른 그 순간이 가장 중요했다. 깨달음은 내가 겸손한 순간에만 찾아왔다. 전체 이야기는 알 필요 없다는 전제로 이미 철옹성이 되어버린 사람이 이 방에서 가장 똑똑한 사람인 법은 없다. 때로는 "나는 잘 모르겠어"라고 말하는 이가 가장 똑똑한 사람이다.

오래된 한 친구는 전화 두 통이면 이 세상에서 무엇이든지 알아낼 수 있다고 말하곤 했다. 가장 먼저 해야 할 일은 누구에게 전화할지를 정하는 것이었다. 나는 운이 좋게도 최고의 의료 수준을 자랑하는 지역에 살았다. M 박사를 방문한 일은 1인 연구 프로젝트의 첫 시도였고, 그다음 순서로 무얼 해야 할지 잘 알았다.

10여 년 전 나는 어느 젊은 커플에게 집의 방 일부를 세준 적이 있다. 외과 전문의와 변호사 커플이었는데 그들이 기르던 검은 래브라도는 클레멘타인과 함께 잘 자랐다. 우리 세 사람은 좋은 친구로 지냈고, 그들이 이사 간 뒤에도 계속 연락을 이어왔다. 이제 마크Marc는 보스턴 최고의 의학대학 부속병원에서 촉망받는 혈관 외과 전문의로 활약하고 있었다. 셰어하우스에 같이 살며 반려견도 함께 돌보던 시절, 나는 마크와 특히 친했다. 삼나무처럼 차분한 그를 전적으로 신뢰했다. 그런 그에게 시간이 될 때 회신을 달라고 부탁하는 장문의 이메일을 보냈다. 그의 아내인 질Jill과 이야기해보니, 그가 하루에도 메시지를 수백 건 처리할 정도로 바쁘다고 들었기 때문이다.

24시간도 채 지나지 않아 마크가 답신을 보내왔다. 그는 동료를 비롯해 수술실에서 일하는 여러 사람에게 물어 관절 재건 수술을 받으려는 의사들도 찾아가는 의사의 이름을 알려주었다. 몇 분 뒤 나는 매팅리Mattingly 박사의 병원에 전화해 예약을 잡았다. 가장 빠른 예약일이 4개월 뒤인 7월 초였다. 들은 바에 따르면, 7월 초에 진료를 받는 건 대략 가을쯤 수술이 가능하다는 의미였다.

나는 뭐 하나라도 알아볼 때 아주 세세한 사항부터 큰 틀까지 집착에 가까울 정도로 조사한다. 우리 언니는 그런 나를 '보더 콜리'라고 불렀다. 마크의 조언을 들은 뒤부터 나는 전과 다르게 대응했다. 마음이 모든 걱정을 빠르게 지나쳐 내게 필요한 외과 전문의에게 곧장 가는 듯 자유로웠다. 다른 가능성이나 제3자의 의견 같은 건 없었다. 이 의사가 나의 대퇴부에 골 절단기를 갖다 댈 사람임을 감안하여, 수술을 받기로 선택하는 건 꽤 중요한 결정이었다. 하지만 그날 이후 나는 마치 내 삶의 다음 여정에 필요한 지도를 건네받은 기분이었다. 유튜브에서 수술 과정을 찾아볼 필요도, 의대에 들어갈 필요도, 수술에 관해 4천 명과 이야기할 필요도 없었다. 그저 두려움만 잘 붙들어 매고 기다리기만 하면 되었다.

14

뉴멕시코주 타오스에 여행을 다녀온 뒤, 7월의 어느 무더운 여름날 아침에 담당 외과 전문의를 만났다. 이번 여행을 하며 난생처음으로 공항에서 원활한 이동을 위해 휠체어를 요청했다. 휠체어 사용을 받아들이기까지 내 안에서 격렬한 싸움이 일었다. 당당하면서도 그 당당함이 수치스러웠다. 항공사 직원은 내 불편함을 덜어주려는 노력을 거의 하지 않았다. 한 게이트에서는 예약한 휠체어를 받기 위해 30분을 기다려야 했고, 공항에서 휠체어를 밀어주는 수행원은 기내용 여행 가방을 내 무릎에 던지고 나를 짐짝처럼 다뤘다. 약 20분간 진짜 장애가 무엇인지 엿보았고, 장애에 동반하는 몰개인화와 무력감을 경험했다. 수술날이 임박하며 느끼던 모호한 감정은 감사의 물결에 휩쓸려 싹 사라졌다. 다른 수백만 명의 환자와 달리 내겐 분명한 치료법이 있었다. 물론 수술 직전까지도 그 명백한 사실이 잘 와닿지 않았고, 심지어 수술을 하고 난 다음에도 충분히 이해하기까지 시간이 꽤 걸렸다. 손상된 다리가 늘 나의 기본 상태였다. 이 근본적인 개념이 바뀐다는 생각, 가령 내가 다른 사람처럼 여기서 저기까지 아무 생각 없이 미끄러지듯 걸어갈 수 있다는 생각 자체가 지침 없이 개념을 뒤바꾸는 일이기에, 엄청난 상상의 도약이 필요했다.

내과 의사인 친구가 한번은 이렇게 이야기했다. 정형외과 의사는 대부분 건강한 편이라고 말이다. 그도 그럴 것이, 정형외과는 의학에서 물리력을 가장 많이 수반하는 전공이었다. 매팅리 박사는 다정하고 인물 좋고 자기 관리를 잘하는 내 또래 남성으로, 대학 시절, 미식축구 선발대였을 것 같은 인상이었다. 그는 자신감을 물씬 풍겼다. 나를 보자마자 따뜻하게 악수를 청한 그는 곧장 엑스레이 사진이 있는 화면으로 고개를 돌리더니 격려하듯 말했다. "여기서 해야 할 일은 딱 하나입니다! 환자분은 고관절 전치환술을 받으셔야 합니다."

설명을 듣던 와중에 전형적인 기억 상실을 맞닥뜨렸다. 노트에 적지 않았더라면 그날 들은 설명을 거의 다 잊었을 것이다. 나는 질문 목록으로 무장한, 환자의 전형적인 모습이었다. 수영은 언제 할 수 있을지, 개 산책은 언제부터 시킬 수 있는지가 가장 시급하면서도 제일 비의학적인 질문이었다. 그러나 질문 대부분이 매팅리 박사의 권위 앞에서는 창백해졌다. 외과 전문의가 어떤 생각을 하는지 잘 알았기에, 그가 내게 말하는 내용이 정말 중요하다는 사실쯤은 충분히 이해했다.

그다음 15분 동안 들은 정보는 머릿속에서 뒤죽박죽되었다. 수술한 뒤 약 6주간 양쪽에 목발을 짚고 다니게 될 것이고, 박사는 그렇게 할 때 장기적으로 예후가 더 좋을 거라고 했다. 시멘트가 아닌 보철물이 활동적인 환자에게 더 적합하다고도 했다. 박사는 내 고관절 상부 측면을 15센티미터 정도 후측 절개해서 중둔근 가닥을 갈라 대퇴골에 접근한다고 했다.

수술 몇 주 전에는 뉴잉글랜드 침례병원에 혈액을 보내고, 수술 하루 전날 그곳에 입원해 CT 촬영, 혈액검사 등을 받을 예정이었다. 내가 박사에게 소아마비를 겪은 환자의 수술을 담당해본 적이 있는지 묻자, 그는 나지막하게 "네"라고 대답했고, 그 대답에서 공손함을 느꼈다. 그 질문은 마치 누군가가 내게 명사와 동사를 잘 구분하냐고 묻는 것과도 같았을 것이다.

내가 순진하다는 증거인지 아니면 수술한다는 사실을 부정하고 싶었던 건지, 그에게 이렇게 말하기도 했다. "제 힘줄이랑 근육이 평소보다 더 팽팽한 상태거든요." 어떤 힘줄이 당기거나 약한지 자세히 알려줘야 의료진이 내 수술 자세를 좀 더 원활히 잡을 거라고 짐작했으니까. 매팅리 박사는 마치 내가 자기한테 수술용 메스를 쥐어보라고 제안하기라도 한 듯 웃는 얼굴로 날 보며 차분하게 대답했다. "음, 환자분은 잠들어 있을 거예요." 내가 그 말을 이해하지 못하자, 그가 이렇게 덧붙였다. "우리 의료진이 원하는 대로 뭐든 다 할 수 있다는 의미죠."

그제야 나는 이 수술에서 행해질 해부학적 공격을 고려하기 시작했다. 세상에서 가장 흔하면서도 가장 공격적인 수술이었다. 고관절 부위를 활짝 열어 관절을 탈구하고 (칠면조 다리를 떠올리면 된다) 대퇴골두 부위는 수술용 골 절단기로 잘라 제거한다. 움푹 들어간 골반 부위에서 다리뼈가 회전하도록 해주는 비구를 세

척하고 골극, 뼛조각, 혹 등을 제거한다. 고관절을 가지
런하게 두고, 동작하는 데 용이하도록 최적의 위치를
다시 측정하여 맞춘다. 보철물의 적확한 위치를 테스
트한다. 수술팀은 비구와 덧댈 것의 자리를 잡고 나머
지 대퇴부 뼈를 빼내어 보철물의 자리를 만들고, 고무
망치로 보철물을 삽입한다.

매팅리 박사를 만나기 전부터 이 과정의 대부분을
알고 있었음에도 내 정신은 이 사실을 천진난만이라는
캡슐에 넣길 택했다. 씩씩한 의사와 간호사가 레고 다
루듯 다 알아서 처리한 다음, 내게는 막대사탕 하나를
물려놓고 모르핀 주사만 주입하길 바라듯 말이다. 한
동안은 이런 상태로 머무는 게 도움이 되었다. 모든 과
정을 잘 넘기고 나서, 이미 가해진 것과 그 영향을 받아
들이는 게 제일 중요할 터였다. 하지만 매팅리 박사를
만난 순간, 나는 자진해서 신병이 되었다. 꼭 필요한 권
한을 모두 그에게 넘겨주었으니까. 박사는 이 수술이
내 고통을 얼마나 많이 해결하리라고 예측했을까? 대
략 95퍼센트라고 했다. 어떤 방법으로 재활해야 할지
는? 일반적인 재활이었다(이 답변만으로도 너무나 낙관적
이라 느꼈다). 그리고 마지막으로 정말 놀랍게도, 그는
내 한쪽 다리를 길게 늘릴 수 있다고도 말했다. 그뿐만

아니라 수술을 받으면 소아마비를 앓은 이후 양쪽 다리에 생긴 신체적 차이를 적어도 50퍼센트 이상 줄일 수 있다고 했다. 말하자면, 내가 세상에 첫발을 내디딘 순간부터 어긋났던 불균형을 고쳐준다는 뜻이었다.

박사는 CT 촬영으로 내 다리 상태를 정확히 측정할 예정이었다. 그는 소아마비가 뼈만 홀로 남겨두었다고 믿으며 이렇게 말했다. "근육량이 감소하고 있어요. 엑스레이 사진을 보면, 뼈는 영향을 받지 않았어요. 재활도 열심히 하셨고 의욕도 있었죠. 저는 환자분을 걱정하지 않아요. 제가 걱정하는 환자는 소파에서 꼼짝도 하지 않으면서 수술이 삶을 바꿔줄 거라 믿는 부류죠."

절뚝거림과 통증이 나의 퇴화 상태를 추적하는 두 가지 요소였지만, 지난 수년간 서서히 위축된 근육량이 아마 내 상태를 더 효과적으로 드러냈을 것이다. 오른쪽 다리가 왼쪽 다리보다 대략 3.8센티미터 정도 짧아서 아킬레스건이 팽팽했고, 왼쪽 다리를 쭉 펴면 오른발로는 사실상 땅을 제대로 디딜 수 없었다. 이 때문에 오른쪽 발가락으로 땅을 딛으며 걸었는데, 이런 자세가 처음엔 약간 불편한 정도였지만 지난 10여 년간 급격히 힘들어졌다.

1990년대에 캐럴라인이 찍어준 내 사진 하나가 냉

장고 문에 붙어 있다. 우리가 함께 화이트White 산맥에 올랐을 때였다. 한 다리를 바위 위에 올린 나는 건강하고 행복한 모습이었다. 굽힌 다리의 멀쩡한 종아리가 사진에서 뚜렷하게 보인다. 캐럴라인이 떠나고 몇 년 뒤에 이 사진을 찾은 나는 그 다리가 나의 왼쪽 다리라고 생각했다. 다시 보니 오른쪽 다리였다는 것을 깨달았다. 40대 중반이던 내 다리는 저렇게나 튼튼했는데 이제는 잘 굽혀지지도 않고 사진과는 아예 다른 다리처럼 보였다.

나는 매팅리 박사와 악수한 뒤 진료실에서 나왔고, 비어 있는 수술 일정 중 가장 빠른 날인 11월로 수술 날짜를 잡았다.

15

1998년 여름, 마흔일곱의 나이에 조정을 배웠다. 조정
을 수년간 열렬히 해왔던 캐럴라인이 어느 여름날 뉴
햄프셔New Hampshire의 한 호수에서 자신의 경주용 보
트에 타보라고 했다. 몇 번인가 겨우 노를 저었는데
내 심장은 둥실둥실 떠올랐다. 집에 온 나는 워터타
운Watertown에 있는 조정 커뮤니티에 전화해 조정 경
기 입문반에 등록했다. 구불구불한 찰스Charles강에서
수업이 열렸고 조정 초보인 학생들 주변에 8인조 크
루, 열성적인 싱글팀, 카약과 카누를 타는 사람들이 지
나다녔다. 내가 들어간 수업에는 학생이 여덟 명이었
는데 일주일 뒤 내 또래 여성 한 명이 수업에서 빠졌다.

그렇게 우리는 일곱 명이 되었다. 갈색 피부인 내 또래 남성 두 명, 대학에서 함께 조정팀에 있었다는 젊은 여성 두 명, 서른 살인 요가 마니아 한 명, 체조선수로 활동했던 스물두 살 젊은이 한 명 그리고 내가 있었다.

보트에 올라탄 사람 중 내가 가장 느리고 약했다. 존John 코치는 유머 감각이 있는 남성이었는데, 나를 체조선수 출신인 레이철Rachel과 짝지어주었다. 아마 레이철의 대퇴사두근[28]으로 내 연약한 다리를 보강하려는 의도였을 것이다. 우리는 커다란 1인승 보트에서 수업을 시작해 땅딸막하고 중간 크기인 보트를 타보고, 짝과 함께 옆에서 나란히 노를 저으며 단거리 경주도 하고, 출발과 회전 그리고 뒤집힌 보트에 다시 올라타는 방법 등을 배웠다.

어느 날 오후, 실험용 쥐가 된 듯 나는 열심히 노를 저어 수초가 무성한 곳까지 갔다가 찰스강으로 내던져져 다시 보트에 올라탔다. 평생 수영을 해왔고 캐럴라인의 보트를 타다가 뒤집힌 적도 있었기에 이 정도로는 놀라지도, 조정을 단념하지도 않았다. 내게는 이 조

___

28　넙다리 앞쪽에 위치한 네 개의 근육으로, 무릎을 펼 때 주로 사용한다.

정 커뮤니티에 있을 수 있는 특성이 한 가지 있었다. 바로 완고함이다. 이런 특성 덕분에 나는 수업에서 굳건히 자리할 수 있었다. 레이철은 지칠 줄 몰랐고 의사와 증권 변호사인 두 남성도 투지가 넘쳤지만, 나는 날마다 호리호리한 경주용 보트에 올라타 경주를 벌이듯 승부욕을 부렸다.

하루는 단거리 경주를 마치고 온 뒤 내가 변호사 남성에게 완패한 데 낙담하여 노를 붙들고 축 처져 있었다. 레이철은 망상에 빠져 승부욕을 불태우는 내게 짜증이 났는지 불길한 목소리로 나를 불렀다. "게일, 저 남자 등짝이 집에 있는 소파 만하잖아요."

그래도 나는 계속 노를 젓고 또 저어, 여름이 끝날 무렵에 생긴 삼각근을 자랑스러워했고 밤마다 캐럴라인에게 전화를 걸어 내가 조정 커뮤니티에서 얼마나 대단했는지 말했다. 그해 10월 말까지 조정 수업을 들었는데, 비록 존 코치는 내가 조정 경기에 나갈 만한 인재라고 생각하진 않았지만 그 무렵 우리는 친한 사이가 되었다. 어느 날 저녁, 그와 함께 부두에서 보트 하우스로 걸어가다가 말했다. "존, 그거 알아? 눈치 못 챘겠지만 나에겐 다른 학생에게 없는 차별점이 한 가지 있다는 거?"

"정말?" 그가 물었다.

나는 "그래"라고 대답하곤 활짝 웃으며 차로 향했다. "내년 여름에도 나는 계속 여기 남아 있을 거야."

그는 웃음을 터뜨렸고, 아마 더는 깊이 생각하지 않았을 것이다. 그러나 그 순간을 기억한다. 왜냐면 14년이 흐른 뒤, 나는 날이 좋든 나쁘든 여전히 강에 나오는데 그때 만났던 다른 학생을 다시는 보지 못했으니까.

오래되었지만 여전히 아름다운 반두센Van Dusen 경량 보트는 캐럴라인이 사용하던 것이다. 캐럴라인은 이 보트에 앉아 내게 조정을 가르쳐주었고 세상을 떠날 때 내게 남겨주었다. 나는 캐럴라인에게 말하듯 보트에게 말을 걸었다. "안녕, 토끼." 나는 보트를 타고 가다가 시원하고 어둑어둑한 구간에 들어설 때마다 늘 이렇게 말하고 낮은 받침대에 앉은 채 계속 앞으로 나아가곤 했다. "안녕, 토끼. 여기, 나 왔어." 이 말이 정말 엉뚱한 이유는, 정작 내가 보트를 토끼보다는 말이라고 생각한다는 데 있다. 순간적으로 캐럴라인처럼 느껴지는 존재에게 말을 거는 거겠지. 그 존재가 캐럴라인이든, 그에 대한 기억이든 아니면 보트에 나타난 캐럴라인의 환영이든, 그 모두에게 약속을 잘 지키는 내 모습을 알리고 싶어서겠지. 나는 계속 나아가고 있다고. 자기는 더 이상 타지 못해도 내가 이 보트를 타고 조정을 한다고. 캐럴라인만큼은 아니더라도 보트를 잘 돌보고 있다고. 그의 유능한 손이었다면 반짝반짝 윤이 나도록 닦고 야단법석을 떨었겠지만, 비록 흠집이 났어도 이제는 내가 잘 보관하고 있다고 말이다.

캐럴라인이 떠난 뒤 나는 할 수 없을 때까지 조정을 계속하겠노라 다짐했고, 수년에 한 번씩 새로운 목표를 세웠다. '예순 살까지 해야지' '앞으로 10년은 더 해야지' '시즌마다 160킬로미터는 타야지' 하면서. 물 위에 보이는 캐럴라인의 모습은 나를 이끈다. 비록 11킬로미터가 9킬로미터가 되고, 통증이 생기고부터는 4~5킬로미터 정도밖에 하지 못하면서도 '나 잘하고 있지?'라고 묻는다. 퇴행성 고관절염 진단을 받은 뒤 여름에는 내 상태에 맞춰 목표를 재조정했다. 개인 보트를 사용하는 조정 회원이 갖춰야 하는 최소 조건인 서른 번이라도 채우고 시즌을 잘 끝내도록 최선을 다했다.

한 시즌에 조정을 서른 번 하는 건 건강한 회원에겐 무난한 조건이다. 수년간 나는 큰 어려움 없이 그 조건을 채웠다. 그러나 요즘 들어 부두에서 만난 사람들이 보트를 운반하는 내게 도움이 필요하냐고 부쩍 자주 물었다. 최근 조정을 마치고 부두로 올라올 때면 나는 한쪽 팔과 튼튼한 한쪽 다리를 사용해 내 몸을 간신히 끌어올린 다음, 품위고 뭐고 대★자로 누워버렸다.

늦여름 즈음엔 무리해서라도 하던 대로 계속할지, 아니면 수술을 이유로 휴식기를 가지고 해당 시즌 동안 보트를 창고에 보관할지 정해야 했다. 점차 짧은 거리만 연습했고 가을에 접어들며 해가 짧아지자 매번 조정을 나갔다가 돌아올 때마다 승리감에 도취해 달콤하면서도 아릿한 감정을 비롯해 특별한 아름다움을 느꼈다. 의사가 안심시키긴 했지만 수술 뒤에 조정을 할 수 있다는 확신이 없었기 때문이었다. 강에 나가면 시도 때도 없이 나타나는, 사악한 '수술 전 불안감'을 경험했다. 두렵고 외로웠다. 아주 오랫동안 아무도 나를 꺾을 수 없다고 느꼈다. 10월까지는 인적이 드물면 코드곶에 있는 연못 둘레를 따라 헤엄치곤 했다. 조정을 나갔을 때 여름비라도 내리면 다리 밑에서 기다리거나 비를 맞으며 계속 나아갔고, 마치 천상의 세례를 받는 듯한 기분이었다.

보트 하우스에 가면 조정을 나가기 전에 낸시나 피터에게 미리 알리곤 했다. "조정 중. 두 시간 내로 집에 갈 예정." 이제는 1.5킬로미터 정도 상류로 갔다가 3킬로미터 정도 하류로 내려와서, 부두로 돌아가는 식이었다. 예전 같으면 거리 따위 신경 쓰지 않고 지칠 때까지 한 방향으로 나아가던 나였지만.

어느 오후, 상태가 안 좋았지만 강에 갔다. 피곤했고 수술 걱정에 휩싸인 채로 전날 저녁에 한 시간 정도 정신 건강에 해로운 소일거리에 빠졌다. 전 남자친구들의 근황을 검색하며 가보지 않은 길을 떠올렸다. 한 번이라도 만난 사람에 대해서 너무도 많은 정보를 쉽게 알아낼 수 있는 새로운 세상에서, 신선하고 놀라운 사실을 이런 악취미로 알 수는 없었다. 하지만 그날 밤에 나는 내가 사랑했던 전 남자친구 두 명의 소식을 접하고 휘청거렸다. 한 가지 소식은 최근 발표된 결혼 소식이었고, 다른 한 가지는 몇 년 전 출간한 책에 실린 '배우자에게 보내는 감사의 말'이었다. 두 소식을 접하며 내가 결코 되어보지 못한 그리고 아마 결코 될 수 없을 '아내 상像'을 떠올렸다. 적어도 내 마음속 풍경에는 그리니치Greenwich와 같은 고급스러운 동네에서 헛간을 리모델링해 연회장을 만들고 흠 없이 완벽한 저녁 파티를 여는 여성의 모습이 그려졌다.

전 남자친구들에 대한 토막 뉴스를 접한 나는 짧은

운동복 바지를 입고 머리를 질끈 묶은 채 거실 소파에 널브러져 있었다. 샤일로와 튤라도 거실 바닥에서 조용히 쉬고 있었다. 나는 먹다 남은 닭고기를 저녁 끼니로 먹으며 드라마 〈간호사 재키Nurse Jackie〉 재방송을 보고 있었다. 내가 창조해온 삶이 바로 여기 있고, 흠 없이 완벽한 저녁 파티 같은 건 없었다.

다음 날, 조정을 하며 나는 마음이 자유롭게 흘러가게 내버려 두었다. 아주 오래되고도 위험한 내면의 테이프가 재생되었다. '나는 결혼하는 일도, 애를 낳는 일도 잊었고, 사람보다는 개와 함께 있는 걸 더 좋아해서 쓸쓸하게 홀로 죽겠지.' 이렇게 절망을 열거하며, 차마 버리지 못한 못난 스웨터를 이따금 꺼내 입듯 했다. 수술 전날 밤 친구 진과 통화를 하던 중 그가 내 말에 끼어들었다. 나의 옛사랑들이 새로운 사람을 사귄다는 소식과 새집을 마련했다는 소식에도 놀라지 않는 눈치였다. "정말? 안됐네. 자기가 다른 누군가와 함께 살려고 헛간을 개조하는 모습은 상상이 안 되는걸!"

그러니 씩씩하게 노를 저었고 고관절 수술만 생각하며 앞으로 나아갔다. 3킬로미터 정도 갔을 때 나의 정신 나간 각본은 점점 희미해지거나, 수년간 만나지도 않은 사람들에 대한 예상과 판타지 따위는 걷어내고 더 거대한 진실을 향해 확장됐다. 예순 살인 나는 스스로를 마흔다섯 살처럼 느끼는 사람이었고, '개'라면 정신을 못 차릴 만큼 좋아하는 사람, 머리 빗는 일도 깜빡할 만큼 빈틈이 많은 사람이었다. 교회 모임보다는 AA 모임이 좋았고, 레스토랑에서 식사하는 것보다는 숲에서 산책하는 게 더 좋았다. 독특하지만 그래도 그게 나의 인생이었다.

그날 그렇게 우울한 와중에도 조정을 하여 3킬로미터 정도 나아간 지점에서 노래를 부르기 시작했다. 〈당신이 사는 이 거리에On the Street Where You Live〉〈크레이지Crazy〉〈홍하의 골짜기Red River Valley〉를 불렀다. 카약을 하는 사람들과 강가에서 오리에게 먹이를 던져주는 아이들을 지나면서 그런대로 들어줄 만한 낮은 알토 음역대로 노래를 크게 흥얼거렸다. 조정 실력보다는 아주 약간 나은 노래 실력을 겸비한, 행복한 미친 여성으로 보였으리라. 부두에 닿았을 때는 온몸이 땀에 젖고 목은 쉬어 있었다. 보트에서 간신히 내려 바다표범처럼 부두 위에 널브러졌다. 그러고는 결함과 후회로 빈번하게 자책하면서도 큰소리로 내게 말했다. "너 정말 굉장하다." 그 순간만큼 나는 그야말로 굉장했다.

16

수술 몇 주 전 내 삶은 체계적인 조직도처럼 오래도록 꿈꾸던 모습이었다. 내야 할 세금을 미리 착착 내고 체육관의 회원권 이용 기간을 보류했다. 튤라에게 필요한 예방접종을 모두 맞혔고 치과에 가서 내 치아도 점검받았다. 냉장고에 꽤 먹을 만한 즉석조리 식품을 가득 채워넣었다. 바닥에 깔려 있던 (목발에 치명적인) 조그만 러그를 둘둘 말아 정리했고, 화초를 실내로 옮겼으며, 튤라의 털을 다듬고, 식료품 저장고를 가득 채웠다. 두꺼운 소설책 다섯 권과 이부프로펜[29] 및 레몬 탄

---

29   소염, 해열, 진통 작용을 하는 진통제이다.

산수를 부족하지 않을 만큼 충분히 사서 적십자 텐트처럼 꾸렸다.

공중보건 전문가인 친구 도나Donna가 뉴잉글랜드 침례병원에서 운영하는 고관절 전치환술 수업을 들으러 함께 가주었다. 교실에 들어가 대퇴부뼈[30] 모양인 볼펜을 받았다. 수업 내용을 네 페이지나 받아 적었다. 수술실 간호사와 물리치료사 및 작업치료사의 강의를 들으며 수술받은 뒤 침대에 눕고 일어나는 방법, 계단을 오르내리는 방법, 목발을 짚고 생활하며 식판을 목에 걸고 식사하는 방법 등을 배웠다. 그 자리에 모인 마흔여 명은 40대 중반부터 80대까지 다양한 연령대였지만 동지애가 형성되었다. 그중 가장 젊어 보이는 남성 한 명은 자신이 마흔다섯 살이며, 수술받은 뒤 회복하는 시기를 대비해 지난 2년간 세 군데서 돈벌이를 했다고 했다.

나는 '게일의 친구들'이라는 제목으로 목록을 작성했다. 내면의 안정을 위한 것이기도 했고 나의 안부를 사람들에게 알리기 위해서이기도 했다. 그러고는 내가

---

30   골반과 무릎 사이에 있는 뼈로, '넙다리뼈' 혹은 '넓적다리뼈'라고도 부른다.

작성한 목록을 보았다. 이웃과 반려견 덕분에 친해진 사람들, 함께 조정하던 이들과 작가, AA 모임 사람들 그리고 체육관에 다니는 여성들이 목록에 있었다. 말하자면, 당신이 꾸린 작은 사회가 제대로 돌아가게 하기 위해 필요한 요리사, 목수, 치료사가 목록에 다 있는 것이다. 토네이도가 몰아칠 때 당신이 살려달라고 외쳐도 될 만한 용감한 사람들이기도 하고, 당신이 불길을 헤집고 걸어가 구해내고 싶을 만큼 가슴을 벅차게 하는 이들이기도 하다. 마치 신께서 말씀하시는 듯했다. "네가 아는 놀라운 사람들의 이름을 다 써보거라." 그들은 바로 의리 있고 애정 넘치는 내 친구들이다. 이제 얼마나 진실인지를 알아낼 일만 남았다.

수술한 뒤 몇 달간의 현실과 여러 제약은 이루 다 말할 수 없다. 나는 복층 집에서 약 25킬로그램에 달하는 반려견을 혼자 키우며 사는 사람이다. 앞으로 6주간은 운전을 할 수도 없고, 90도 이상 허리를 숙일 수도 없으며, 한 발짝 한 발짝 걸을 때마다 항상 목발을 사용해야 한다고 했다. 수술받은 다리를 옆으로 꼬거나 위로 들면 안 되고, 고관절이 돌아갈 만큼 몸을 한쪽으로 비틀어서도 안 된다고 했다. 이러한 제약이 있어야 흉곽부터 발가락까지 꼿꼿한 자세를 효과적으로 유지할 수 있단다. 침대에 누워 있다가 일어서려면 튼튼한 다리를 기중기처럼 세운 뒤 수술한 다리를 들어 올려야 했다. 바닥에 떨어진 무언가를 줍는 집게 막대가 있었고, 압박 스타킹 신는 걸 도와주는 도르래 달린 기구도 있었다(처음 사용할 때는 도나가 도와주었는데도 30분이나 걸렸다). '옷 입기 막대'라는, 양말이나 신발을 신을 때 사용하는 조그만 도구도 있었는데, 단순한 이름과는 별개로 처음 사용할 때 너무 애를 먹어서 비참한 기분이 들었다. 하지만 한번 익숙해지고 길들면, 환자에게 불이나 바퀴같이 유용한 발명품이었다. 나는 바닥을 쓸지도, 신문을 집어 들지도 못 했고, 개를 쓰다듬으려 몸을 숙일 수도 없었다. 수술을 마치고 집에 왔을 무렵, 집에 샤워 의자(이후에 리콜되었다!)도 갖춰져 있었고, 승강 기능이 있는 좌변기와 피터가 지하실에서 찾아냈다는 보행 보조기도 있었다. 물론, 모든 방마다 운동 지침이 붙어 있고, 목발과 지팡이가 갖춰져 있었으며, 냉동실에는 얼음찜질팩이 일곱 개나 있었다.

우리 모두는 사랑하는 이들을 비범하다고 여긴다. 애착의 묘약이다. 그러나 나는 그 겨울 수개월간 지속

된 통증과 황폐함 속에서도 <u>으스스</u>함을 견디게 해주는 무언가를 느꼈고, 내가 속한 곳에서 축복받았다고 느꼈다. 나의 50대 시절은 상실로 점철되었다. 캐럴라인, 아빠와 엄마 그리고 클레멘타인까지. 딱 6년 사이에 모두가 세상을 떠났다. 그러나 여기 나만 홀로 남았을지라도, 진실로 나의 주변에는 서로 연결된 힘이 둘러싸고 있었다.

수술 몇 개월 전, 피터에게 앞으로 내가 겪을 일을 큰 틀로 설명하며 서론을 꺼냈다. 우리는 보통 남매같이 걸걸대며 농담을 건네는 관계였고, 대화 소재는 주로 개 이야기였다. 조금 더 진지한 주제로 이야기하기 위한 불길을 일으켰다. 다만, 그를 걱정시키기 싫어서 아주 씩씩하게 말했다. "나 지금 진짜 중요한 이야기를 할 거야." 우선 나는 개략적인 상황을 빠르게 읊었다. 엑스레이를 찍었고, 고관절 전치환술을 받을 거고, 목발을 사용할 예정이며 수개월 동안 재활을 해야 한다고. 그러고는 크게 한숨을 내쉬었다. 피터는 다음 이야기를 기다리는 표정으로 "좋아, 개는 해결됐고"라고 말하고는 이렇게 덧붙였다. "무슨 말인지 이해했어. 그게 다지, 그렇지? 뭐 암에 걸렸다거나 다른 문제는 없는 거지?"

이것이 순전한 피터의 모습이었고, 그 이후 수개월 간 다른 친구들과 내가 필요로 하는 다른 것에 관해 이야기할 때도 수차례 볼 수 있던 사랑스러운 모습이었다. "그래, 좋아. 무슨 말인지 이해했어." 하지만 그날 나는 그저 믿고 의지하는 친구들 사이에 오간 무뚝뚝한 대화에서 말로는 표현하지 못할 보물을 발견했다. 피터는 비가 오든 눈보라가 몰아치든 피곤하든 상관없이 몇 개월간, 때론 하루에 두 번씩, 날마다 튤라를 산책시키겠노라고 말했다. 그래야 하는 기간이 기약 없이 길어진대도 말이다.

9월 말에는 서른 번의 조정 연습 횟수를 다 채웠다. 벌써 스물다섯 살이나 먹은 반두센 보트를 잘 씻어서 창고에 두며 다시 돌아오겠다고 큰소리로 말했다. 수술은 11월 중순으로 잡혔는데, 10월 초에 매팅리 박사 측에서 3주 정도 앞당겨도 괜찮겠냐고 전화로 물어와 일정을 조정했다. 새로 잡은 수술 날짜는 내가 곧장 수술 준비의 모든 두려움 속으로 뛰어듦을 의미했다. 핼러윈 아침에, 즉 내가 가장 좋아하는 연휴에 수술을 받는다는 사실이 좋은 징조로 느껴졌다. 내가 뉴잉글랜드 침례병원에서 지내는 동안 튤라는 샤일로, 피터, 팻과 함께 집집마다 사탕을 받으러 다니겠지. 사전 검사를 위해 방문한 병원에서 다섯 시간을 머물며 추가 엑스레이 촬영과 CT 촬영을 하고 혈액 채취 과정을 마친 뒤, 사회복지사와 작업치료사, 약사를 만나 자세한 설명을 들었다. 수술 직전 이틀은 살균 용액으로 골반과 다리를 씻었다.

수술 전날 밤, 앞으로 적어도 6주간 하지 못할 수영을 마지막으로 하고 체육관 동지들에게 작별 인사를 건넸다. 수영 보조 강사인 내 친구 크리스Chris는 팔다리가 길고 키가 180센티미터인 물리 교사로, 나는 빠르게 헤엄치는 그를 '뉴트리나Neutrina'[31]라고 부르곤 했다. 크리스는 내가 수술과 재활을 마치고 돌아올 무렵엔 최첨단 부품으로 고관절을 갈아 끼웠을 테니 '티타니아Titania'[32]라고 부르면 되겠다고 했다. 우리는 탈의실 근처에 있는 사물함을 가깝게 배정받은 덕에 가

---

[31] 우주를 구성하는 기본 입자의 일종인 중성미자 '뉴트리노Neutrino'를 여성형으로 부른 것이다. '중성미자는 빛보다 빠르다'라는 주장이 제기된 적이 있다.

[32] 인공 뼈 재료로 신체 적합성이 뛰어난 티타늄titanium 합금을 흔히 사용하는데, 티타니아는 티타늄을 여성형으로 바꾸어 부른 것이다.

까워졌다. 그를 비롯한 체육관 동지들과 나는 이제 더 끈끈해졌다. 제일 처음, 사랑하는 반려견을 잃은 두 사람을 알게 되었고, 또 한 사람이 뇌졸중으로 쓰러진 남편을 보살피는 동안 우리는 먹을 것을 챙겨와 벤치에 모아두기도 했다. 우리는 수영을 하거나 러닝머신 위에서 뛰거나 필라테스를 하러 체육관에 왔지만 동시에 마음도 단련하고 있었다.

수술 전 들러야 할 또 다른 장소는 27년간 꾸준히 참석해온 AA 모임이었다. 그 모임은 연민을 가득 담아둔 커다란 상자 같아서 어떠한 두려움도 드러낼 수 있는 곳이었다. 1984년 여름, 비틀대며 그곳에 발을 들여놓았던 나는 "나 알코올 중독이야"라는 말을 처음으로 크게 내뱉은 뒤 엉엉 울었고, 이후 20여 년을 꾸준히 참석하며 지혜와 용기를 일주일어치쯤 얻고 여흥도 즐겼다. AA 모임에선 인종과 계급과 성별의 인구 통계가 무너졌다. 하버드대학에서 몇 블록 떨어진 곳에 있는 모임 장소에는 대학에서 온 사람, 출소자, 이탈리아 이민자 동네나 남부 보스턴 그리고 시골 출신인 사람, 여행 중인 외국인 등이 모였다. 모임 장소로 향하는 엘리베이터 안에 있는 비상 버튼 옆에는 "도움의 손길이 오는 중입니다"라고 새겨져 있고, 나는 이 문구를 볼 때마다 미소 짓는다.

몇 주, 아마도 몇 달은 지나야 다시 여기 올 수 있을 만한 기력을 회복할 테니, 통찰과 희망을 가능한 한 최대한으로 모았다. 그때 받은 모든 조언과 응원 중에서 수술 뒤에도 계속 생각난 말은, 평소 자신의 거친 모습을 내보이기 좋아하는 한 젊은 남성의 말이었다. 수년 전 어깨 수술을 받은 그는 내가 작별 인사를 하러 모임에 간 날 밤, 평소와 다른 태도로 나가는 길에 내 등을 두드리며 말했다. "재활이 지긋지긋할 거예요. 그래도 이겨내야 해요." 수술한 뒤 몇 주간 운동하느라 녹초가 될 때마다 리처드Richard의 말은 내게 자극이 되었다.

두어 가지 이유로 두려움이 증폭되었다. 우선은 소아마비로 근육과 신체 구조가 이미 망가진 상태로 수술실에 들어가야 한다는 점, 다음으로는 그 누구도, 의사도, 물리치료사도, 심지어 초능력자도 내가 수술받은 뒤 얼마나 회복할지 확실하게 예상치 못한다는 점이었다. 검투사의 고관절과 다리로 무장하고도 제대로 사용하지 못하게 될지도 모르는 일이었다. 내가 기억하는 한, 퇴행이 진행되고부터 지난 20여 년 동안 힘과 유연성과 인내력도 뚜렷하게 감퇴했다. 이제는 계단을 오를 때 난간을 붙들고 한 다리로만 올라갔다. 왼쪽 다리가 걷는 일을 도맡았고, 오른쪽 다리는 너무 약해져서 왼쪽 다리를 뒤따라가는 회전축이나 지팡이 정도의 역할만 했다. 근조직이 겨우 뼈대를 잡아주고, 골반을 지탱할 받침대는 아예 무너져내린 상태였다.

'닭이 먼저냐, 달걀이 먼저냐' 하는 딜레마에 빠졌다. 소아마비 때문에 골반이 손상되면서 이 지경이 됐을까? 아니면 고관절염으로 근손실이 생긴 것일까? 몹시 중요한 문제였다. 어느 쪽이 먼저냐에 따라 수술을 받은 뒤 얼마나 강해질 수 있는지와 회복 가능성도 달라지기 때문이었다. 얼마나 잘 걷게 될지 말이다. 수개월간 알 수 없을 터였고, 모를 수밖에 없다는 사실도 잘 알고 있었다. 어떤 의사나 예후보다도 이 점을 잘 알려준 대상은 바로 내 다리였다.

불안의 또 다른 원인은 이제껏 수년간 어떻게든 현실을 부인하면서까지 끌고 온 것을 저버린 데 있었다. 매팅리 박사의 병원에서 집중 훈련을 받은 첫날 이후, 이제 이 과정에 수반되는 것을 정확히 알고 싶었고 상황을 받아들일 만한 정신 상태를 갖추었다. 왼쪽 다리에 뒤처지지 않으려 애쓰며 여러 신랄한 공격으로 고통받아온 오른쪽 다리를 그동안 얼마나 과잉보호했었는지 점점 깨달았다. 나는 무자비하게 앞으로 밀고 나가는 사람이었다. 더 멀리 헤엄쳐가고, 열심히 일하며, 더 나은 사람이 되기 위해서라면 말이다. 일이 잘 풀릴 때조차도 내면의 목소리는 지독하고 억센 코치처럼 굴었다. 그러나 내 오른쪽 다리만큼은 엄격한 판단에서 제외되었다. 다행이긴 했으나 그 이유를 잘 이해하진 못했다. 마치 오래전에 떨어져나간 곳에 오두막 아니면 분쟁 없는 구역이 생겨난 듯했다. 그곳에서만큼은 상처 입은 내 다리가 무료 통행권을 쥐고 있었다.

이제 기적을 행하는 낯선 무리가 나를 마취시킨 뒤 대퇴골 꼭대기를 톱으로 잘라내고 새로운 전투용 마차를 달아주도록 허할 예정이었다. 나는 의학 저널 사이트에 소개된 도표를 보며 고관절을 맞춰넣는 작업의 복잡함과 수술 뒤 동작 범위를 이해했고, 충격적 경험에 반응하는 신체의 자연스러운 저항 반응에 관한 설명도 읽었다. 나는 비록 겁먹었음에도 공포 속으로 걸어갈 나 자신을 잘 알았고, 내게 일어날 일에서 도망치는 대신 그 모든 것을 껴안고자 했다.

수술날은 월요일이었다. 수술 전날 저녁에는 아무런

생각조차 하고 싶지 않을 만큼 피곤해서, 수영을 마친 뒤 집에 와서는 로스트 치킨과 바닐라 아이스크림을 최후의 만찬으로 게걸스레 해치웠다. 내일 아침 7시까지 내원하라는 병원의 마지막 확인 전화를 받았다. 우리 집이 있는 블록의 제일 끝 집에 사는 에이버리Avery가 나를 병원까지 태워다주었다.

동이 틀 무렵, 핼러윈에 찾아올 아이들을 위해 현관 앞에 땅콩버터 컵이 든 바구니를 놓아두고 튤라 머리에 입을 맞추었다. 옆집 사는 낸시가 한 시간 내로 집에 와서 녀석을 데려가기로 했다. 교대 근무의 첫 타자는 에이버리였다. 수술이 끝나면 매팅리 박사는 에이버리에게 전화를 걸어 내 상태를 알리고, 진이 오후 즈음 내 회복실에 오기로 해두었다.

수술 당일 자정부터는 물도, 음식도 먹지 못했는데, 몇몇 지인은 혹시 모를 상황에 대비해 수술실에서 먹을 음식을 준비하라고 했다. 덕담을 잘해주기로 소문난 한 친구는 "어머나, 글쎄, 갑자기 응급환자라도 생기면 자기는 수술실에서 온종일 기다려야 해. 먹고 마실 게 아무것도 없다니까"라며 걱정해주었다. 정말 그런 일이 생길까 봐 겁이 났지만, 간호사들이 예정보다 한 시간 일찍 수술 전 검사를 진행시키자 그제야 두려움을 떨쳐냈다. 콘택트렌즈를 빼고 환자용 가운을 입었다.

수술 침대에 누운 이후 모호하고도 기분 좋은 기억만 단편적으로 떠오르는 걸로 봐서는, 간호사가 무언가를 내게 또 준 것이 분명했다. 에이버리가 나더러 마취과 과장이랑 시시덕거리더라고 농을 쳤다. 다정한 말투의 덩치 큰 남성은 내 손을 잡고 계획을 설명했다. 매팅리 박사가 드디어 오더니 손뼉을 치며 말했다. "자, 이제 해봅시다!" 그가 과장된 동작으로 내 다리에 서명했다. 환자를 안심시키기 위해 하는 상징적이고도 일반적인 과정이라고 했다. 나는 곧 몇 시간 동안 그의 캔버스가 될 것이었다. 내 쪽에 서 있던 간호사가 하고 있는 플라스틱 해골 목걸이를 보고 웃음이 나왔다. 나는 그의 팔을 만지면서 물었다. "한 가지만 물어볼게요. 어떤 음악을 들으면서 수술하나요?" 간호사가 활짝 웃으며 말했다. "비틀스요!" 나는 그를 향해 엄지를 치켜세웠고, 그다음으로 안 것은 수술이 이미 다 끝났으며, 내가 병원 침대에 누워 진의 반짝이는 푸른 눈동자를 바라보고 있다는 사실이었다.

17

그날의 공식 수술 기록지 내용은 다음과 같다.

수술 일자: 2011년 10월 31일

수술 전 진단: 소아마비 후유증에 따른 우측 고관절 골관절염

수술 후 진단: 소아마비 후유증에 따른 우측 고관절 골관절염

수술명: 우측 고관절 인공관절 전치환술

수술 절차: 전신 마취 후 기관 내 삽관. 케프졸 2그램을 정맥 내로 주입하고 도뇨관 거치. 환자의 자세를 측와위로 변경하고 수술 부위를 멸균 소독한 후 방포로 덮음. 후외측 절개선을 넣고 후방으로 접근하여, 대퇴골 경부를 후방으로 탈구. 대퇴골 경부 절골술 시행하여 대퇴골두와 대퇴골 경부

를 제거하고, 제한적으로 전상방 관절낭을 절제함. 비구 주변 골극 제거 후 53밀리미터 크기로 회전 절삭으로 확공을 시행하였으며, 외전각 40도 및 전염각 20도 적용하여 54밀리미터 비구컵을 삽입하고 나사 두 개로 비구컵을 고정해 임시 라이너를 삽입함. 소아마비 병력으로 우측 하지 근력이 약한 점을 감안해 36밀리미터 비구 라이너를 사용. 대퇴골 골수강에 줄질을 시행한 후 임시 삽입물을 통해 대퇴골에 맞는 대퇴 스템을 확인함. 대퇴 스템은 전염각 25도, 보호관(슬리브)은 전염각 20도로 삽입. 대퇴골두를 끼워 고관절을 정복하고 특히 고관절 전방 굴곡 40도에서 45도 사이의 움직임이 안정적인지 확인함. 하지 전장 방사선 촬영을 시행하여 발목 굴곡구축으로 인해 환측 하지 길이가 3센티미터 짧음을 확인했고, +6 골두를 사용하여 대략 1.5~2센티미터를 추가로 얻을 수 있었음. 수술 부위를 철저히 세척하고 후방 관절낭과 외회전근을 층에 맞추어 봉합한 후 수술을 마침.

신체가 경험하는 가장 극적인 체험에 의료진은 별 관심이 없는 경우가 많다. 특히 수술 뒤 나타나는 증상에 대해선 더욱 그렇다. 의사는 부종, 미열, 빈혈, 갑작스러운 저혈압, 메스꺼움, 극심한 통증 등 온갖 증상이 나타날 수 있다고 예상한다. 이 모든 증상을 치료 가능한 것으로 취급하고 특별한 의미를 부여하지도 않는다. 곧 사라질 일반적인 증상이기에 위험하거나 특별한 신호로 여기지 않는 것이다.

수술을 마친 뒤 24시간 동안 수혈을 네 번이나 했다. 아마 내가 왜소한 편이어서 수술로 소실된 혈액을 얼른 채워야 했을 것이다. 혈류 산소 포화도가 너무 낮았고 혈압은 최고 80, 최저 40으로 떨어져 몸을 일으킬 때마다 정신을 잃었다. 혈액 속 혈구가 점하는 비율을 측정하는 헤마토크릿hematocrit 수치는 정상 수준의 반밖에 미치지 못했다. 환자별로 섭취해야 하는 영양소에 따라 정교하게 짜인 식단이었으나, 실제론 입에 대기도 힘들 만큼 음식이 부실했다. 미트 로프를 요청하면 고무줄보다 질긴 고기 스튜가 나오는 식이었다.

이런 세세한 사항까지 걱정하는 사람은 나밖에 없었지만, 그마저도 평화와 사랑이 가득한 디즈니월드 같은 체험을 약 이틀간 하게 해주는 모르핀 정맥 주사를 맞아서인지, 신경 쓰지 않았다. 수술한 뒤 첫째 날엔 성층권에서 소리를 지르며 걸어다닌 것 같은 기억이 희미하게 있다. 내 다리는 럭비 선수의 다리처럼 부었다. 침대에 누웠다가 일어나 침대 밖을 걸어다닐 때면, 멀쩡한 왼쪽 다리로 오른쪽 다리를 들어 올리다시피 했다. 지인과 간호사 그리고 물리치료사 들은 아무렇지도 않게 내 병실을 들락거렸고, 모든 상황이 기념비적이며, 음모와 희망의 안무인 듯 느껴졌다. 나는 물리치료사에게 정말 사랑한다고 고백했다. 심박 모니터용 콘센트에 계속 휴대전화용 충전기를 꽂아두었음에도, 나를 베개로 눌러 질식시키려 한 간호사는 아무도 없어서 놀라웠다.

수술의 여파가 이어지는 와중에도 어느 시점에선가, 수술받은 뒤 회복 과정에서 나타나는 예민하고 과장된 상황이 본질적이고도 지극한 따분함을 잘 드러낸다고 생각했다. 착각에 불과한 응급상황을 보내던 초반 며칠간, 매팅리 박사의 목소리가 두드러졌다. 수술받은 뒤 새벽 6시에 망망대해를 건너온 듯, 그가 내 침대 옆에 섰다. 그는 "수술은 아주 잘됐어요"라고 말하며 이렇게 덧붙였다. "우리가 환자분 다리를 대략 1.5센티미터에서 2센티미터 정도 늘렸습니다. 8분의 5인치 정도 되는 길이죠." 어둠 속에서 간략하게 대화를 나누고 한참이 지나기까지, 그가 내뱉은 단어를 떠올리며 안도감와 경외감을 느꼈다. "우리가 환자분 다리를 늘렸습니다……." 이 말은 마치 "우리가 물 위를 걸었습니다"

라거나 "우리가 달을 들어 올렸어요"라는 말처럼 들렸다. 나는 모르핀의 구름 위에 둥둥 뜬 채로도, 8분의 5인치가 얼마나 광대하면서 얼마나 조금인지 정확히 알았다. 그 길이는 내게 지나치지도, 모자라지도 않은 정도였다.

그날 아침, 매팅리 박사가 다른 병실을 회진하기 위해 내가 있는 병실에서 나간 뒤 수술 어시스턴트가 남아 수술 경과를 알려주었다. 막상 수술을 시작하고 보니 "상태가 엉망"이었으며 수술 전 촬영을 통해 가늠한 것보다 훨씬 심각한 수준이었다고 했다. 그는 내게 "환자분은 이 수술을 반드시 해야 했어요"라고 말했다. 나는 그의 손을 놓고 수술 뒤 찾아온 행복감을 맞이했다. 나는 이 수술을 반드시 해야만 했고, 이제 수술은 끝났다.

수술이 끝난 뒤 처음 몇 주간 보았던 메모와 운동 지침, 수술 후 지침 사항을 보관하고 있다. 모두 진과 낸시가 꼼꼼하게 정리해둔 것으로, 지금 보면 모든 세부 사항의 강도가 세다. 환자에게 장대한 여정이 펼쳐진 듯했고 출연진은 단 한 명이었다. 신체는 완벽

한 기계처럼 제 기능을 뽐내기에 제대로 작동만 한다
면 몸은 수술이란 공격에 반응해 루크 스카이워커Luke
Skywalker[33]가 된다. 유동체가 몰려들며 세포가 재생되
고 근육과 신경은 다시 자란다. 이 여정에서 망연자실
했던 나는 겸허해졌으며, 퇴원하고 집에 돌아온 뒤에
는 이 여정에서 나의 의지가 거의 작용하지 못한다는
점을 깨달았다.

당연하게 여기던 신체 기능이 그 자체로는 부속물
에 불과하다는 걸 깨달았다. 자리에서 일어나는 순간,
혈압이 달라지면서 온몸으로 혈액이 "쉭" 하고 흘러가
는 게 느껴졌다. 몇 걸음만 걸어도 심장이 벌렁거리고
숨이 차올랐다. 덩치 큰 곰이 입맛은 없는데도 든든하
게 먹어두려는 것처럼 단백질이 미친 듯 당겼다. 병원
에서 낮 동안에는 거의 먹지 못했는데도 수분을 많이
섭취해서 허리부터 발가락까지 부었고 몸무게는 거의

---

33   〈스타워즈 에피소드 4~6〉에서 주인공으로 등장하는 인물이다. 〈스
      타워즈 에피소드 5-제국의 역습〉에서 루크 스카이워커는 다스 베
      이더와 결투를 벌이다 오른손을 잘리고 패배한다. 이후 반란 연합
      함대에 합류하여 사라진 오른팔을 기계 팔로 대체하는 장면이 나
      온다.

6킬로그램이 늘었다.

더욱 극적인 현상은 다리 그 자체에서 나타났다. 다리에서 느끼는 느낌, 움직이는 방식, 뇌가 이 새로운 정보를 모두 받아들이는 방식 말이다. 집으로 돌아온 첫날 아침에 발을 위와 옆으로 뻗으며 더 길어지고 늘어난 다리에 적응하려 애쓰던 중, 갓 태어나자마자 네 발로 일어선 망아지가 떠올랐다. 새끼 망아지는 자세를 바로잡기까지 기다란 네 다리로 얼빠진 듯 움직이지 않는가. 나는 하고 싶어도 예전에 그랬던 것처럼 다리를 절뚝일 수가 없었다. 절뚝거리기엔 한쪽 다리가 이제 너무 길어졌다.

고관절 재건 과정에서 매팅리 박사 덕분에 길어진 다리는 세상에 꼿꼿하게 선 내 모습뿐만 아니라, 어렴풋이 예상했지만 믿기 힘들던 편안함과 힘을 암시했다. 수년간 내 신체는 매우 약한 상태였다. 이제는 마치 누군가가 책상다리 한쪽 아래를 끼움쇠로 받쳐준 듯, 구조가 전체적으로 안정감 있게 세워진 것 같았다. 다리의 모든 부분이 변화를 따라잡기 위해 길고 고통스러운 과정을 거쳐야 한다는 점을 잘은 몰랐지만, 신경과 근육, 힘줄과 인대가 뻗어가고 찢어지며 재조정 과정을 거쳐야 했다. 당시는 똑바로 설 수 있다는 달콤한 기대에 빠져 있을 뿐이었다. 이상한 나라의 앨리스처럼 버섯을 먹으며 힘이 세지고 키가 커지는 느낌이었다. 이듬해에 등장하는 도전 과제를 맞닥뜨리기 전, 잠시간 행복감을 느꼈다.

내 상태를 고려했을 때 감사함에 취해 있는 건 좋은 일이었다. 수혈을 했지만 너무 어지러워서 나는 아무런 전조도 없이 기절하기도 했고, 새로 배치한 대퇴골과 다리의 통증이 수술 내내 잠들어 있다가 마침내 깨어났다. 담당 물리치료사가 첫날 우리 집에 와서 경고했듯이 앞으로 끔찍한 몇 주를 보내야 할 터였다. 그러나 내겐 낸시가 있었다. 계속해서 우리 집을 들락거리며, 어떠한 상황에도 동요하지 않고 육군 이동 외과 병원의 의사처럼 씩씩했던 사람. 지치지 않고 늘 나를 웃겨주던 그는 어떤 이유에선지 이 특수한 전투에 자원한 듯했다. 그리고 특전 부대원인 개들을 모든 부분에서 담당한 피터가 있었다.

고관절 수술을 받고 퇴원하기 전에 하는 표준검사에는 목발을 짚고 계단 여섯 칸을 오를 수 있는지, 스스로 침대에 눕고 다시 일어날 수 있는지 등을 확인하는 내용이 포함되었다. 꽤 기본적인 항목이었다. 혼자 식사하기, 전화 받기, 신문 가져오기, 문 잠그기, 툴라의 그

릇에 물 따라주기 혹은 커피 타기 같은 건 포함되지도 않았다. 집에 온 첫날 내가 배웠던 이 항목들은 고도의 기능이 필요한 또 하나의 재능이었다. 누구라도 찡얼 거리지 않고 이 일을 모두 해내면 육군 선행 훈장, 적어 도 보이스카우트 공훈 배지라도 받아 마땅하다.

어떤 변화든 헤아릴 수 없을 만큼 미세하게 일어난 다. 그러다가 바위에 이끼가 끼듯 변화가 조금씩 쌓이 고, 그렇게 수천 년을 간섭하지 않고 두면 바위는 협곡 이 되고 폭포가 되고 혹은 비탄에 잠겼던 땅이 희망의 평원으로 떠오른다. 다시금 기회가 주어지거나, 누군가 에게서 예상치 못한 친절을 받거나 혹은 당신을 빛으 로 가득 채울 노랫소리가 들려온다. 평생을 절룩이던 한쪽 다리가 믿을 수 없을 만큼 멀쩡해진다.

늘 그런 순간이 있다. 단 한 번 눈을 깜빡였을 뿐인 데 신성한 곳에서 일상으로 시선이 옮겨지고 당신은 생각한다. '맙소사, 내가 그동안 뭘 한 거지?' 어느 어두 운 밤 캐럴라인이 죽어갈 때, 홀로 소파에 앉은 나는 이 제 다 틀려먹었다고 생각했고 삶을 바꾸고 싶었다. 물 론, 우리 모두는 삶의 변화를 원하다가도 그냥 이대로 살기로 한다. 마치 원양 정기선의 항로를 변경하고자 애쓰면서 고작 포크를 지렛목으로 삼는 모습과 같다. 그럭저럭 잘 지내면서, 서투르게 다 망쳐버리지 않으려 한다.

진정한 변화란 절망도 조금씩 취할 만큼 강해져서 작은 실패를 용인하는 것이다. 원양 정기선은 방향을 2도만 틀어도 목적지가 달라진다. 단 하루만 술을 마시지 않는다. 미끼를 물지 않고, 총알을 장전하지 않고, 멍청한 말도 내뱉지 않는다. 대신 전화를 걸고 발을 괴롭히는 신발을 벗어 던진다. 휴식을 조금 취한 뒤 몇 발자국만이라도 길을 나선다. 점차 회복하면서 나는 친구에게 수채화용 붓으로 부엌 바닥에 페인트칠하는 기분이라고 말했다. 이때 중요한 건 페인트칠할 부분에만 집중할 뿐 고개를 들어 올려다 보지 않는 것이다.

틴크 남편인 데이비드는 나보다 한 해 전에 고관절 치환술을 받았다. 수술을 받고 따분한 시간을 보내던 내게 현명하고 사려 깊은 데이비드는 자주 전화를 걸어와 나를 북돋워주었다. 어느 겨울밤, 그는 전화로 "옛날 다리가 곧 그리워질 거야"라고 말했는데, 이후 몇 달간 그 말에 실로 공감했다. 익숙한 불행에 얽매여서, 때로는 그 상태를 박차고 나오는 것보다 그대로 머무는 게 더 쉽다는 점을 데이비드는 알았으리라. 쓸쓸한 진실이지만 극복할 수 없는 진리는 아니다. 절망과 두려움은 상황이 변하더라도 하루아침에 사라지지 않는다.

수술을 마친 뒤 첫해에 모든 일과 좌절을 경험하며 배운 것이 있다. 힘은 자기 자신이 넘어지지 않도록 스스로를 어떻게 지키느냐에 달렸다는 것이다. 멀쩡한 두 다리가 있으면 넘어지려 할 때 다른 한 발로 받치고 일어설 수 있다.

매사추세츠 케임브리지에 있는 내 집 거실에서 전 흉부외과 의사이자 친구인 스탠Stan과 이야기를 나누었다. 그는 어떤 말이라도 더 좋게 들리게 하는 앨라배마Alabama 억양을 구사하는 사람이었다. 내 시선이 지난번 그를 만났을 때보다 훨씬 더 높아져서, 키가 182센티미터나 되는 그에게 다가가 인사를 건네며 포옹할 때 마치 나도 그만큼 크다는 듯 우스꽝스러운 자세를 취했다.

이야기를 나누며 그간 겪어온 일을 다 들려주려 했다. 지난 몇 주간은 괴로움과 통증 그리고 가능성을 향한 성취감이 이따금 차올랐다. 대수술 이후 상태가 빠르게 회복됨을 실감하면서도 여전히 회복이 내게 어떤 의미인지 알지 못했다. 스탠에게 이렇게 말했다. "내게 일어난 일이 엄청난 건지, 별거 아닌지, 아직 잘 모르겠어. 아무튼, 그게 뭐든지 간에 잃고 싶진 않다는 거야. 내게 온 선물을 물리고 싶진 않네."

내게 가까이 다가온 스탠이 두 손을 내 어깨 위에 올리며 말했다. "지금, 장난으로 하는 말이지? 그건 엄청난 일이야. 자아 전체에 영향을 끼친 일이라고."

18

물론 수술 뒤 펼쳐진 이야기에 개도 등장한다. 근접한 튤라의 세계와 나의 세계에서 두 가지 드라마가 펼쳐졌다. 최대한 믿을 만한 서술자로서 튤라와 나, 우리 둘 모두의 처지를 해석해보려 한다.

튤라는 내가 입원해 있는 동안 옆집 낸시네에서 낸시 가족들의 돌봄을 받으며 지냈다. 내가 퇴원하고 집에 온 첫날 저녁에만 잠깐 낸시가 튤라를 데리고 나를 보러 오고, 다음날부터 내가 튤라를 집에서 데리고 있는 게 원래 계획이었다. 내가 아래층 응접실에서 잘 준비를 마치자, 낸시가 튤라를 데리고 들어왔다.

"이게 누구야, 내 새끼 왔네!"라고 소리치자 그 말을 뒷문으로 들어온 튤라가 듣고는 귀를 뒤집은 채 행복한 모습으로 내게 달려왔다. 처음에는 흥분해서 내 얼굴을 마구 핥더니, 내게서 어떤 냄새가 훅 하고 났는지 갑자기 겁에 질린 듯 다른 곳을 보면서 꼬리를 아래로 내리고 낸시 뒤로 숨었다. 내가 계속 말을 걸고 이름을 불러도 튤라는 귀를 납작하게 젖히고는 내 눈을 피하며 마치 포식자를 맞닥뜨린, 피와 트라우마의 냄새를 풍기는 만신창이 인간을 마주한 듯 굴었다. 그러더니 이내 뒷문으로 내뺐다.

돌아보면 그때 튤라의 행동이 그리 의아하지만은 않고 왜 그랬는지 이유를 딱 알 것 같다. 병원을 다녀왔더니 반려견이 며칠간 자기를 피해 다니더라는 비슷한 이야기를 친구에게 들은 적이 있다. 그리고 얼핏 바라만 봐도 튤라가 겁에 질린 상태임을 알 수 있었다.

개는 감각 중 후각이 제일 발달했다. 반 블록 떨어진 거리에서도 다른 개의 공포, 질병 혹은 공격성의 냄새를 맡는다. 개가 지닌 후각의 식견과 힘은 우리 인간의 후각보다 훨씬 뛰어나서, 인간은 발작 간호견, 폭발물 탐지견, 수색 및 구조견의 도움을 받는다. 최근 연구에 따르면 개는 인간이 암에 걸린 상태임을 의학 검사로 밝혀내기도 전에 감지한다고 한다. 개는 냄새만으로 많은 정보를 접하며 우리는 개가 냄새로 대체 무엇까지 감지해내는지 알지 못한다.

나는 우측 골반을 15센티미터 절개했다. 내게 달려온 튤라는 자신에게 주어진 모든 감각을 활용해 여기가 자기 집인지, 내가 자기 반려인이 맞는지, 내 목소리와 정서는 그대로인지 확인했다. 그러더니 수술한 다리의 냄새를 맡으며 아마 내 두려움을 감지했을 것이고, 다 떠올리기도 힘들 정도로 많은 백여 가지의 병원 악취도 다 맡았을 것이다. 튤라는 다음번엔 자기 차례일지도 모른다고 생각했으리라. 몇 달 뒤 샤일로가 간단한 수술을 마치고 병원에서 돌아왔을 때도 튤라는 똑같이 행동했다.

내 안의 일부는 튤라의 그런 반응을 어느 정도 이해하면서도 침착하게 받아들일 수가 없었다. 수술 뒤 첫 주에 겪은 모든 고통을 되돌아볼 때 이 사건, 즉 사랑하는 개가 두려움을 느끼고 내게서 등을 돌린 사건은 최악이었다. 나는 낸시에게 튤라를 데리고 가달라고 말했고, 둘이 돌아간 뒤에는 무너져내렸다. 부엌에서 목발을 짚고 서서 진의 어깨에 기대어 1년 만에 처음 우는 사람처럼 울었다. 통곡했다. 낯선 이들이 내 몸을 자꽁처럼 분할하도록 내버려두기까지 했는데, 이제 와서 튤라는 서툰 변장술에 겁먹은 증인처럼 나의 모든 것을 거부했다. 모든 친구와 꽃 그리고 오븐용 냄비가 집에 돌아온 나를 반겨주었지만 유기된 방랑자가 된 기분이었다.

다음날 오후, 피터와 샤일로와 함께 오랜 산책을 마친 튤라가 다시 나타났다. 나는 거실 의자에 앉아 있었다. 내게 다가온 녀석은 애정을 표현하면서도 약간 겁먹은 상태였다. 그러더니 나를 마주 볼 수 있는 거실 반대편으로 가서 몸을 웅크렸고 혼수상태에 빠진 듯 낮잠을 잤다.

예전으로 돌아가기까지는 시간이 꽤 걸렸다. 튤라는 내가 여전히 이곳에 있고, 금속 날개가 달린 괴생명체가 아니고 자신이 알던 그 사람이라는 걸 믿기 시작했다. 목발 때문에 불안해하기보다는 나의 무력감이나 연약함 그리고 우리 삶의 공간적 배치가 거꾸로 뒤집혔다는 점 때문에 녀석은 불안해했다. 집에 돌아온 두 번째 날에는 도나가 자고 갔는데, 튤라는 도나와 함께 내 침실이 있는 위층으로 올라왔다. 튤라는 목축견의 본능으로 집 안 전체를 확인하곤 했다. 그날도 역시 내가 혼자 있는 게 괜찮다고 느꼈음에도 녀석은 방심하는 법 없이 평소대로 조용히 행동했다. 매일 밤, 내가 응접실 침대에 누워 잘 준비를 하고 낸시가 마지막으로 일과를 자세히 설명해주고 나면 튤라는 기숙사를 점검하듯 아래층을 한 바퀴 획 돌고는 응접실 문 앞에 서서 나를 가만히 바라보았다. 그러고는 천천히 계단을 올라갔다. 녀석이 계단을 타고 내 침실로 가서 잠시간 멈추었다가, 아마도 침대 근처에서 평소처럼 몸을 웅크리는 듯한 소리가 들렸다. 내가 돌아온 첫 주에 튤라는 매일 밤 거기서 혼자 잠들었다. 불확실하지만 충성스럽게, 마치 진짜 내가 집으로 돌아오길 기다리듯이 그렇게 잠들었다.

그러다가 어떤 계기로 인해, 인간의 필요를 중심으로 개의 행동을 해석하던 나의 방식에 변화가 일었다. 한 주가 지나고 나서 나는 다시 위층 침실에서 잠을 잤다. 불을 *끄*자마자 침실에 있던 튤라가 위층 정면에 있는 창가로 달려가더니 마구 짖었다. 그동안 몇 번 들어본 적 없는 소리였다. 숲에 포식자가 나타났을 때처럼 맹렬하게, 경비견처럼 짖었다. 딱 한 번, 튤라가 어릴 적 뉴펀들랜드Newfoundland에 갔을 때 이렇게 짖었다. 저 멀리 숲속의 코요테를 불러내는 소리였다. 그만하라고 내가 소리쳐도 튤라는 창문과 창문 사이를 뛰어다니면서 내 말을 무시한 채 가차 없이 강도 높게 짖어댔다. 나는 녀석이 분명 코요테나 마당으로 퍼덕이며 온 야생 칠면조를 본 게 틀림없다고 생각했다. 흔히 있는 상황은 아니지만, 아예 불가능한 상황도 아니었으니까. 튤라는 결국 아래층으로 내려가 집 정면과 측면을 향해 마지막으로 짖고 나서야 위층으로 올라와 내 옆에 엎드려 누웠다.

이틀 뒤엔가, 낸시와 짐Jim의 열네 살 된 딸 에밀리Emily가 나를 보러 왔다. 나와 친구처럼 잘 지내던 에밀리는 이런 이야기를 가감 없이 들려주었다. "지지난 밤 늦은 시간에 집 앞 도로에서 나는 시끄러운 소리 들었어요?" 에밀리가 물었다. 우리 집 앞 도로가 에밀리의 집 앞 도로이기도 하니, 우리 중 한 명이 들을 정도로 큰소리라면 우리 둘 다 들었을 것이다. "남자친구 두 명이 제 방 창문에서 저를 불러내려고 했거든요. 창문 쪽으로 가까이 와서 저를 깨우려고 하는데, 갑자기 이 집 2층 창문에서 개가 미친 듯이 짖어댔다는 거예요." 말하자면, 에밀리의 남자친구 두 명이 그날 밤에 튤라가 쫓던 포식자였다. 아무런 해도 끼치지 않았을 두 소년, 옆집 소녀를 불러내려던 아이들.

어떤 사모예드든 사나운 행동은 그들의 극단적인 위장술이다. 나의 이웃은 다들 동네에서 산책을 하고 집 앞을 오간다. 내가 알기로 툴라는 지금껏 단 한 번도 지나가는 사람을 향해 짖은 적이 없다. 그런데 내가 아프니까 툴라가 우리 둘을 위한 어미 곰 역할을 자처한 것이다.

우리는 나란히 걸어다니며 잘 지냈다. 집에서 내가 목발을 짚고 방과 방 사이를 오가면 옆에서 새하얀 물결이 졸졸 따라다녔다. 물리치료사가 일주일에 세 번씩 집에 오면, 툴라는 나와 물리치료사가 마당에서 걸어다니는 동안 대리석 조각처럼 현관에 가만히 누워 있었다. 계단을 오를 땐 한 칸 한 칸 내 옆에 서서 고요하지만 확고한 태도로, 내가 다음 한 발짝을 오를 힘을 낼 때까지 기다렸다. 내가 샤워를 하면 녀석은 욕실 바닥에 웅크리거나 샤워 커튼 사이로 얼굴을 쏙 들이밀어 흉터 진 나의 다리를 핥아주려 했다.

사람들이 내 집과 내 정신을 들락거리자, 안락함을 선사하는 퍼레이드가 펼쳐진 듯했다. 이웃들이 라자냐, 수프, 닭고기, 홈메이드 스무디를 주고 갔다. 심지어 수술

후 고통이 참을 만한 때도 현관으로 음식이 배달되었다가 때로는 낸시 가족들 몫으로 다시 나가는 모습을 보며 내 인생이 시트콤과 닮았다고 생각했다. 발밑에는 개들이 있고 낸시는 집에 들어오며 "안녀엉" 하고 인사를 건넸다. 진은 마치 즐거운 과제를 처리하듯 내 우편함과 냉장고를 관리하고 정리했다. 현관에는 절도범이든, 친구들이든, 모두 잘 알아듣도록 "벨을 누르지 마세요. 개들이 짖습니다"라고 커다랗게 써 붙였다. 오직 피터만이, 자기도 나와 똑같이 그 문구를 문 앞에 써 놓고는 의도적으로 무시했다. 벨을 울리면서 그는 교대로 자신의 차례가 왔음을 알린다고 생각했으리라. 내 오랜 친구 피트Pete는 집에 와서 목수가 마법을 부리듯 응접실에 있는 침대를 들어 올렸고, 도나는 거실에 있는 소파 쿠션을 쌓아 올려 괴상한 '낮잠 왕좌'를 만들어놓았다. 행복한 혼돈 한가운데에서 집게 막대를 권장權杖처럼 쥐고는, 내가 어쩌자고 이런 복을 누리는지 곰곰이 생각했다.

이렇게 엄청난 돌봄을 받는다는 사실이 놀라웠다. 나는 기질적으로 어두운 사람이며, 내 부엌에는 감사 문구 같은 것도 없다. 하지만 우정에 관한 한, 내 안에

냉소적이거나 회의적인 뼈대는 없다. 우정을 온전히 감사하게 된 건, 아마 캐럴라인이 떠난 경험을 하고부터일 것이다. 우리의 우정이 너무 소중하고, 과분하게 느껴질 정도로 아름다운 꾸밈음과 같았고, 그의 죽음이 나와 계속되는 내 이야기에 일부가 되었으며, 내가 사랑하는 모든 것에 가닿았다는 걸 알게 되었다. 마치 캐럴라인이 그 누구도 자신을 대신할 수 없다는 걸 알고 이 모든 과정 내내 나를 도와줄 친구를 한 트럭이나 보내준 것이리라.

내 행운은 일부 거주지의 위치 덕분이기도 했다. 나는 마을 하나가 형성된 지역에 살았다. 공원과 호수 그리고 강이 반경 약 800미터 안에 있고, 몇 블록만 걸어가면 장을 볼 수 있는 곳과 가게가 있다. 구불구불한 보도는 인접한 길을 따라 여기저기로 뻗어 있다. 모두들 산책을 하고, 특히 반려인과 반려견은 호수와 강으로 향하는 길을 따라 걷는다. 10년을 이곳에서 살다보니 기다란 우리 동네 사람 절반 이상과 서로 이름을 부를 정도로 친밀한 사이가 되었다.

이뿐만 아니라 내가 혼자 산다는 사실로 인해 엄청난 돌봄을 받을 수 있었다. 사람들이 단순히 "이런, 게일이 혼자 사니까 도움이 필요할 거야"라고 생각했기 때문이 아니다. 오히려 고독 그 자체가 당신의 심장을 뻗어나가게 한다. 배우자와 자녀들이라는 통상적인 완충장치가 없기에 그 너머에 있는 친밀함의 원을 향해 손을 뻗는다. 나는 수년간 이 차이를 지켜봤다. 혼자 사는 사람은 각기 다른 층위와 종류의 애착을 자신만의 중요한 이들과 형성한다. 배우자가 차지하는 시공간이 비어 있기 때문이다. 만일 나의 이 조그마한 환경에 개와 배우자가 있었다면, 진이 방어 무전을 보내고 틴크는 앞치마를 두른 채 댈러웨이Dalloway 부인[34]처럼 집 앞 거리를 행진하고, 나는 거실에서 빈둥거리며 넋두리나 하는 이런 경험을 비슷하게라도 해보지 못했을 것이다. 그 대신 사사건건 다 알아서 해주는 영웅 같은 남편 아니면 자기 돌보기도 벅찬 애증의 배우자 그리고 내 진통제를 몰래 훔쳐가거나, 본인이 직접 의사가 되겠다고 결심한 10대 아들이 있었겠지. 낭만적인 배

---

[34]　버지니아 울프의 장편 소설 제목이자 주인공으로 등장하는 인물이다. 남부러울 것 없이 여유롭게 사는 중년의 여인 클러리서 댈러웨이Clarissa Dalloway 부인이 거창한 파티를 준비하느라 아침부터 분주한 모습을 그리며 시작하는 소설로, 의식의 흐름 기법을 통해 전형적인 안주인으로 살아가는 지루한 삶에서 벗어나 자신만의 삶을 찾고 싶은 주인공의 마음이 잘 드러난 작품이다.

우자나 자녀는 언제나 주인공이 되어 무대에 먼저 등장할 테고, 손 쓸 틈도 없이 그들은 줄거리를 바꿔버린다. 늘 있는 일이다.

19

나무가 쓰러지듯 몰려오는 피로에 쓰러지는 밤이면 유독 힘들었다. 신은 나를 향한 구원의 손길이 넘쳐난다는 걸 아신다. 차로 가던 길에 치즈버거를 주고 가는 사람과 내가 걱정되는지 샤워할 때마다 졸졸 따라다니는 개와 먹을 걸 손수 만들어 가져다 주는 사람들은 나를, 내 몸을 그리고 내 영혼을 구원하는 손길을 내밀었다. 그러나 아주 간단한 건 스스로 해내고 싶었다. 끼니를 해먹거나 쓰레기통을 비우는 일 또는 (무엇보다도) 방 안을 성큼성큼 걸어다니는 일 말이다.

늙거나 병약해진다고 느끼며 겪는 격돌 과정에서 부모님이 계속 떠올랐다. 부모님이 더는 무언가 스스로

할 수 없게 된 현실을 내가 깨달았던 순간이 있다. 아빠는 의자에서 혼자 일어나지 못할 때도 보행 보조기 사용을 끝내 거부했고, 관절염으로 고생하던 엄마는 한쪽 팔로 다른 쪽 팔을 들어 올렸다. 그때만 해도 내가 도와드리려고 할 때 스스로 하려는 부모님이 너무 고집스럽다고 생각했다. 지금은 그분들께 박수갈채를 보내며, 차분히 기다리지 못했던 내 모습을 후회한다.

홀로 식사를 준비하는 행위는 용맹하면서도 애처로운 노력이었다. 음식을 데우고, 얼음찜질을 준비하고, 포크와 물, 휴대전화와 목발을 모두 한곳에 챙기려면 45분이나 걸렸다. 90도 이상 몸을 숙이거나 구부릴 수 없어서, 바닥에 둔 툴라의 밥그릇에 사료를 줄 때는 기다란 국자를 사용했고 물은 주전자로 부어주었다. 조리대에 선 채로 싱크대를 향해 던지는 법도 익혔다. 아보카도 씨나 바나나 껍질 또는 탄산수 병 같은 것들을. 이렇게 홀로 저녁을 먹다가 수술 후 처음 6주 동안엔 너무도 자주 자포자기하고 싶었다. 특히 한 발짝을 건더라도 목발 두 개를 모두 사용해야만 한다는 지침을 깨고 싶어도, 다리가 너무 약해져서 그럴 수 없을 때 좌절감이 몰려왔다. 지금껏 내 목표가 이토록 신중한 적은 없었다. 조리대까지 가기, 소파에 앉기, 오늘 하루만

무사히 보내기.

이 암울한 구간이 영원히 계속되지는 않았는데, 당시에는 아무리 이성적으로 생각하려고 해도 영원할 것만 같았다. 너무도 허약해진 몸 때문에 인내심도 쪼그라들고, 다시 건강해져서 보트를 들거나 하다못해 가벼운 장바구니라도 들 수 있다는 믿음조차 잃었다. 위층의 침실에 일단 들어서면 목발을 옆에 잘 세워두면서 오늘 더는 갈 곳이 없다는 생각에, 안전하게 다음 날을 기다리면 된다는 생각에, 더없는 행복감과 안도감을 느꼈다.

많이 회복하고선 백팩에 노트북을 짊어지고, 계단을 목발로 짚으며 올랐다. 처음엔 아무리 천천히 올라도 계단 끝에 다다르면 심장이 격하게 뛰었고, 가만히 서서 어지럼증이 확실하게 다 사그라들 때까지 기다렸다. 그러고 나서 조금씩 조금씩 발을 내디뎌 온도조절기와 전등 스위치가 있는 방까지 갔다.

어둑해질 무렵, 어느 저녁엔가는 손으로 벽을 짚고 서서 큰소리로 "할 수 있어"라고 혼잣말했다. 클레멘타인이, 툴라와 샤일로가 그리고 그동안 알던 모든 개가 겁먹거나 아프거나 혹은 높이뛰기를 시도할 때 내가 한 말이었다. "괜찮아. 할 수 있어." 더 강하고 이미 경험해본 누군가가 확신을 주는 목소리였고, 여느 엄마가 놀이터에서 아이에게 말할 때 내는 목소리였다. 시간이 꽤 흐르도록 내가 나에게 이런 말을 건네고 있으며, 그 목소리가 위안이 되었다는 사실을 깊이 생각해보지 않았다.

어느 오후, 우리 집에 방문한 친구 레인Lane과 부엌에서 이야기를 나누는데 그때 피터는 근처에서 다른 사람과 통화 중이었다. 레인은 내가 좀 어떤지, 정말로 어떤지 물었고, 나는 괜찮은데 가끔은 끔찍하다고 고백하며 어둠 속에서 다음 한 발을 내디딜 준비가 될 때까지 가만히 서 있던 경험을 털어놓았다. 말을 마치고서야 피터가 이미 통화를 끝내고 내 뒤에서 이야기를 듣고 있었다는 걸 알았다. 피터에겐 늘 터프하게 당연히 괜찮다고 말하곤 했었다. 그때 그가 조용히 말했다. "자긴 지금 걸어서 캔자스Kansas[35]를 횡단하는 중이야."

기적적인 소생을 다루는 연극이나 의학 드라마는

---

[35]　미국 중앙에 있는 도시로, 미국을 횡단할 때 보통 중간 기점이 되는 곳이다.

환자가 점진적으로 건강해지는 과정을 보통 빨리감기 하듯 연출해서 보여준다. 한 남성이 삼중혈관 우회술을 받는다. 그가 어느새 아들과 함께 농구를 하는 장면이 연출된다. 신나는 각본은 재활에 많은 분량을 내주지 않는다. 재활에선 반복만 최우선으로 여기고, 영광스러운 순간은 찰나다. 다리들기 운동? 말은 쉽지. 일단 만 번 정도 해본 다음 다시 이야기하자.

진짜 나의 이야기가 펼쳐진 곳은 여기 거실 바닥, 수영장 옆에 깔아놓은 요가 매트 또는 물리치료실 침대 위였다. 그때 느낀 전율은 차치하고 갈라진 틈 역시도, 재활 행위 그 자체의 사막 같은 단조로움 때문에 점차 거대해졌다. 간절하게 하고 싶어하던 걸 다시는 못하게 될지도 모른다고 믿으니 두려움이 너무도 커져, 오히려 조금도 자포자기하지 않고 어려움에 나를 스스로 거칠게 내던지고 더 다그치는 내 상태를 조절해야 할 정도였다.

의사는 수술한 뒤 6~7주가 지나자 수영을 해도 된다고 했다. 퇴원한 뒤 처음으로 수영장에 간 날, 내 목표는 수영복 입기였으며 그 이상을 바라지도 않았다. 차에서 내려 목발을 짚고 라커룸으로 걸어가 수영복으로 갈아입는 데만 20여 분이 걸렸다. 하지만 수영장에 몸을 담그고 성큼성큼 발을 내딛자 평생 익혀온 물속에서의 기억이 기지개를 켜고 되살아나 취한 인어가 된 기분이 들었다. 너무도 진한 행복에 휩싸여 더는 위태로움을 느끼지 않았고, 스스로 채근해 수영장에서 겨우 나왔다. 집에 도착해서 소파에 앉자마자 잠이 들어버렸다.

가만히 있을 때면 시간은 거대한 공간이 된다. 목발이나 지팡이 없이 걷기까지 3개월이 걸렸고, 티끌만 한 자신감을 안고 세상에 나아가기까지 6개월이 걸렸다. 수술한 뒤 처음 몇 주간의 겨울을 보낼 때, 나는 다리를 살짝 들어 올리고 소파에 앉아 거리를 오가는 사람들을 창밖으로 내다보았다. 무심하게 각자 어딘가로 향하는 두 발 동물들. 그들의 팔다리는 완벽하게 대칭을 이루며 움직였다. 지인들도 염탐했다. 큰 보폭으로 성큼성큼 걷는 피터, 마라토너의 가벼운 보폭으로 걷는 팻, 지칠 줄 모르고 씩씩하게 걷는 낸시. 모두에게서 무용수의 우아함이 느껴졌다. 밤이 어두워지며 '창문 쇼'가 막을 내리면, 나는 웹사이트와 정형외과 저널에서 걷기에 관한 정보를 검색해 평범한 신체가 어떻게 필수적인 활주 능력을 성취했는지 찾아 읽었다. 어떤 이들은 내가 어떤 수술을 받았는지 듣고는 "그거 기적의 수술이라던데"라고 말하기도 했다. 나는 미소를 지어 보이며 속으로 생각했다. '그래, 그 기적이 일어나기를 아직 기다리는 중이야.'

퇴원할 때 받은 지침 사항은 '하루에 5~10분 정도, 4~6바퀴 걷기. 가능한 한 야외에서 걷기'였다. 여기서 핵심은 환자를 움직이게 하는 것이지만 전자레인지까지 왔다 갔다 하는 걸음은 포함되지 않았다. 이 지침을 처음 봤을 때는 하루에 운동장 4~6바퀴를 진짜 돌라는 줄 알고 뻔히 예상되는 패배감에 마음이 내려앉았다. 환자는 대부분 고관절 전치환술을 받고 난 뒤 관절염을 앓기 이전 상태를 회복하지만, 나로선 수술 이후 상태가 처음 떠나보는 여행과 같았기에, 한쪽 다리의 길이가 더 늘어났어도 근육 경련이나 피로감을 느끼지 않고선 멀리 걸어나갈 수가 없었다. 거의 온종일 목발을 짚은 채 집 안을 돌아다녔고, 하루에 한두 번 정도 바깥으로 나가 걷는 걸 목표로 했다. 처음 밖으로 나갔을 때 플라톤의 동굴에서 나온 인간처럼 눈부신 태양 아래 눈을 깜빡이자, 이웃집 리타Rita가 현관에 나와 응원해주었다.

처음 집을 나섰을 때는 나를 지켜봐 주는 파트너가

있었고, 마침내 홀로 나왔을 때는 휴대전화의 스톱워치가 작동하고 있었다. 10년 만에 뉴잉글랜드에서 가장 포근한 겨울이었다. 나는 현관 계단을 내려갔다. 운동용 반바지에 압박 스타킹과 러닝화를 신고 다운재킷을 걸쳤다. 내가 남들 눈에 얼마나 이상해 보일지 상상조차 할 수 없었지만, 사람들은 목발을 짚은 사람에게 몹시 관대한 편이다. 걸어서 집 두 채를 지나고 세 번째 집에 다다랐다. 다섯 번째 집을 지나 뒤돌아 저 멀리 바다를 바라보고 다시 내 집 현관으로 돌아왔다. 집 앞에서 길을 따라 내려가면 마침내 조그마한 공원이 나왔다. 거의 매일 어린아이를 데리고 나오는 충직한 엄마들과 나뿐인 곳이었다.

어느 오후, 공원에서 내 목발을 보고는 넋을 잃은 꼬마를 만났다. 젊은 엄마는 아이 주변을 맴돌았고, 아이는 나를 향해 한 발짝, 휘청, 한 발짝, 휘청하며 얼굴에 환한 미소를 머금고 두 팔을 쭉 내민 채 다가왔다. 엄마는 아이가 15개월이라고 말해주었다. 나는 꼬마에게 "네가 나보다 걷는 게 낫구나"라고 말하며 진심 어린 눈으로 아이의 동작을 하나하나 지켜보았다. 신체의 특별한 재능과 제대로 해내는 방법을 배우려고 꼬마를 염탐했다. 공간 속으로, 그 공간이 자신을 받아

줄 거라 확신하며 스스로를 내던지는 모든 투지를, 두 팔과 상체가 그를 앞으로 이끌고 동시에 두 다리가 신체 구조와 운동 원리를 알아가는 모습을 말이다. 공기가 찬 12월의 어느 눈부신 날은 놀라운 장면으로 내 마음속에 남아 이후 수개월간 내게 따라야 할 지침이 되었다.

걷는 행위는 여러 복잡한 특성으로 이루어진 저택이다. 너무 오랫동안 뒤틀린 형태로 걸어온 탓에 잘 알게 된 사실이다. 길어진 내 다리는 이제 내면의 방해물 없이 땅에 닿는다. 마치 말 두 마리가 마구를 함께 찬 모습과 같다. 한 마리는 작고 느린 말인데 마침내 다른 말과 대등한 출발선에 섰다. 발끝부터 갈비뼈까지 모든 근육이 저항하며 고함을 쳐댔다.

근육 대부분이 새로 길어진 다리에 맞추느라 늘어나거나 찢어졌지만, 그 과정에 아예 관여하지 못한 근육도 조금은 있을 것이다. 처음 몇 달간 정강이통과 요통, 종아리 경련과 장경인대증후군으로 고통스러웠다. 걷는 법을 다시 익히는 동안 발이 땅을 잘못 짚으면 나중에는 무릎이 아파왔다. 그해 겨울의 내 마음 상태를 끼적여둔 노트를 찾았다.

"절망스럽고 지긋지긋하다. 사람들이 말했던 것보다 훨씬 힘들고, 정확히 내가 우려했던 대로다. 다리가 너무 허약하고 재활은 무자비하다."

신체가 근본적으로 변화한 덕에 이따금 세상이 똑바로 보이는 경험을 했다. 훈련하며 통증을 느끼긴 했어도 수년간 걷던 것보다 더 빨리, 더 제대로 걸을 수 있었다. 처음으로 호숫가에서 자연스럽게 걷다가 좁다란 산책로를 지나며 물가를 바라보는데, 그 순간 마치 속도를 줄인 차를 타고 지나가는 기분이었다. 바로 그때가 이 세상에서 내 존재의 물리학에 생긴 변화를 알아챈 순간이다. 신께서 가끔 뼈를 하나씩 던져주면서 나를 계속 걷도록 하는 게 아닐까 싶은 생각이 들었다.

내가 횡단하는 캔자스는 끝없는 평원과 웅덩이, 언덕으로 이뤄진 땅이다. 우려했던 중요한 순간은 별개로 찾아왔다. 처음 수영하던 날, 처음 개를 데리고 숲으로 나간 날(낸시와 함께였고 한쪽만 목발을 짚었다), 처음 상점에 다녀오던 날.

외래 환자를 담당하는 물리치료사를 고용했다. 주

중에 나 같은 환자를 맡지 않을 때는 고등학교에서 농구 코치로 일하며, 키가 멀쑥하고 늘 삐딱하게 말하는 남성이었다. 친절하면서도 약간 우쭐대는 모습이 나와 잘 맞는 사람이었는데, 그는 속도를 늦추고 현실을 받아들이라고 나를 설득하는 데 대부분 에너지를 쏟았다. 그는 고관절 전치환술에 대해 말하며 "의사는 이 수술이 얼마나 끔찍한지 절대 말하지 않았겠죠. 그럼 수술을 안 한다고 했을 테니까"라고 덧붙였다. 나는 그의 허리춤을 잡고 뒤꿈치로 걸어보려 했다. 네 살 때 엄마의 허리를 잡고 걸었던 모습과 똑같이 말이다. 욕을 내뱉고 불평해가며 훈련했다. 그가 내 발목에다 중량 밴드를 두르더니 얼마 지나서는 다리에 얼음찜질팩을 달았다. 마침내 내게 부츠를 신겨 걷게 했을 무렵엔 그를 거의 숭배하다시피 했다. 스스로 해나갈 수 있는 통로를 내게 보여준 셈이었으니까.

미세한 승리의 순간들 덕분에 몇 달 동안의 불확실한 구간을 지나고 살아남았다. 5월의 어느 월요일, 친구 모건Morgan에게 "다시는 조정을 못하게 될까 봐 너무 겁나"라고 말했다. 과장된 표현이었지만, 정말 두려워진 나는 다음 날 차를 끌고 보트 하우스로 가서 내가 보트를 들 수 있는지를 직접 확인했다. 로데오 대회에서 우승해 이름을 널리 알린 한 사내는 어떻게 계속 우승할 수 있냐는 질문에 "하고자 하는 의지가 있어야 해요"라고 대답했는데, 때때로 나는 내가 가진 거라곤 의지뿐이라는 생각이 들었다. 라커룸까지 걸어갔다가 보트를 타는 곳으로 갔고, 상류로 가는 첫 번째 다리에 이르렀다. '잘했어, 이제 이렇게 만 번만 더 하면 돼.'

나의 세계가 어찌나 집요해졌던지, 진은 그해 여름의 내 생활을 '캠프 게일'이라고 불렀다. "그래서, 오늘 캠프 게일에선 무슨 일이 있었어?" 스스로 열성적인 감독관이 된 데 기분이 좋아진 나는 진에게 캠프의 명예 고문관이란 직책을 주었다.

고관절 전치환술을 받은 직후 3~6개월이 대단히 중요한 시기다. 뼈가 비시멘트화 인공 보철 사이로 자라나기 때문이다. 초반 몇 개월 동안 재활을 마친 뒤 매팅리 박사는 내게 달리기나(무슨 그런 걱정을) 높은 탁자에서 뛰어내리는 행동(마찬가지) 말고는 다 해도 괜찮다고 말했다. 나는 다리를 단련하는 훈련을 하며 조바심 내던 중에, 신체에는 나름의 지능과 의식을 우회하는 우아한 전기 회로망이 있음을 계속 상기했다. 이따금 내 의지가 얼마나 강한지와는 상관없이, 내 다리는 불안정했고 근육에 경련이 일었으며 피로가 몰려와 나를 넘어뜨리곤 했다. 그런 날이면 나의 회복에 한계가 있다는 사실 때문에 울고 싶어졌다. 걷기는 여전히 다른 어떤 행위보다 하기 힘든 일이었다. 내 근육과 힘줄은 매끈하게 굴러가는 관절을 따라잡으려 애쓰는 중이었다.

어느 오후, 길을 따라 느릿느릿 걷다가 나의 움직임이 얼마나 고되고 부자연스러운지를 느끼며 좌절했고 이렇게 생각했다. '좋아, 멀쩡한 다리에 집중해보자.' 그런 다음 나는 이 단순한 지침이 얼마나 명료한지 깨달았다. 그동안 오른쪽 다리에 지시를 내리려고 애썼지만 큰 소득이 없었기에 새로운 지침을 내린 것이다. 나한테 집중하지 말고, 즉 마차를 끌려고 하는 나의 뇌와 의지와 노력을 따르지 말고, 그냥 왼쪽 다리가 하는 대로만 하자고 말이다.

효과가 있었다. 절뚝거리긴 했어도 그 어떤 의지나 노력이 성취했던 모습보다 더 부드럽게 내 두 다리가 짝을 이루고 합을 맞춰 움직였다. 나란히 하네스를 찬 두 마리 개처럼. 옆에 있는 개가 어떻게 하고 있는지 서로 이해하는 모습처럼. 그 순간 멍해지고 겸허해지며 영리해졌다. 그 영리함이란 나만의 방식을 탈피할 때 느낄 수 있는 감각이었다. 혼자 걸으며 다리에 말을 거는 여성이 미친 사람으로 보였을지는 몰라도, 적어도 내 관중인 근육들은 내 말을 잘 듣는 듯했다. 한 쌍을 이룬 심신이 스스로 허술함을 드러내긴 했어도 때로는 그 자체로 아름다운 협업이었다.

소아마비 바이러스는 신경세포를 파괴한다. 뇌에서 근육으로 신호를 보내 근육을 발화發火시킨다. 한번 전선이 녹아내리면 뇌의 신호는 가던 길을 돌아 다른 근육으로 가는데, 구조 자체는 효율적이지만 불운하게도 장기적인 부작용이 생길 수도 있다. 살아남은 근육은 계속해서 힘을 기르다가 결국엔 혹사당하고, 약한 근육은 지니던 미미한 능력마저 잃는다. 살면서 아주 자주, 특히 물리치료를 받을 때 신경의 폐쇄를 강렬하고 가슴 저미게 인지해왔다. 온 힘을 다해 어떤 근육을 사용하려 해도 발화되지 않았고, 그 노력을 느끼기엔 다리가 너무 약해서 미비하긴 해도 마비된 느낌이었다. 다리를 쳐다보며 근육을 움직여보려 했지만 목표로 삼은 근육 주변의 모든 것이 도우려 애쓰는데도 결국 아무것도 이뤄내지 못했다.

이제 다른 위치에서 시작했다. 매팅리 박사가 내 한

쪽 다리 길이를 더해준 행위는 발 디딜 운동장을 고르게 다진 것과 다름없었고, 내 오른쪽 다리는 방 안을 걷는 것만으로도 체육관에서 운동하는 효과를 얻었다. 이제는 무게를 지탱하는 행동을 할 수 있었다. 이때 허리부터 발끝까지의 근육들이 관여했는데, 수년간 사용하지 않던 근육들이었다. 내 앞에는 몇 달간 조심스럽게 시험을 치른 시간이 놓여 있었다. 거리가 쌓이며 근육들이 생겨나고 저항하겠지만 아직은 잘 알지 못했고, 미미하지만 내가 가진 것 그리고 싸워볼 만한 가능성이 있다는 사실에 의존해야만 했다.

수술하고 약 6개월이 흐른 어느 날, 나는 거실 바닥에 대大 자로 누워 팔다리를 뻗으며 각각의 근육을 단련하고 있었다. 튤라가 테니스공을 내 쪽으로 굴려서 오면 나의 일상은 그 쉽고 즐거운 운동과 함께 재활을 시작하고 끝냈다. 내가 싫어하는 훈련, 이를테면 아프고 잘 안 되고 더는 나아질 줄 모르는 것들은 중간에 묻힐 터였다. 이런 방식으로 나 자신을 속이며 스스로 너무 낙담하지 않도록 신경 썼다.

그날 저녁, 발가락 두어 개를 꼼지락거렸다. 발 역시도 단련해야 했으니까. 그러다가 골반까지 타고 올라오는 움직임의 감각을 느꼈다. 내 다리를 바라보며 같은 동작을 반복하던 나는 정강이 바깥쪽으로 무언가가 움직이는 모습을 보았다. 앞정강근이었는데 이전에는 한 번도 선명히 본 적이 없는 근육이었다. 수십 년간 잠을 자던 근육이 깨어난 순간이었다. 나는 발가락을 꼼지락거렸고, 그 근육이 움직이자 내 심장은 솟구쳤다. 나는 내 다리에 다시 걷는 법을 가르치고 있었다. 달라진 게 있다면 이번에는 다리가 2센티미터 정도 길어졌고, 내가 예순한 살이 되었다는 것. 그리고 나의 첫 번째 걸음마 코치가 6년 전에 세상을 떠나고 없다는 사실이었다.

20

엄마가 살아계시던 마지막 해인 2005년, 나는 비행기를 타고 일곱 번이나 텍사스에 갔다. 그중 세 번은 이번이 마지막일지도 모른다고 확신했다. 2003년에 아빠가 돌아가신 뒤에도 엄마는 40여 년간 살아온 오래된 벽돌집에서 계속 지냈다. 부활절인 일요일에는 혼자 부활절 요리를 해먹고, 일주일에 몇 번은 가사 도우미를 불렀으며, 이따금 멀리 사는 두 딸의 도움도 받았다. 아흔한 살이 된 엄마는 몸무게가 45킬로그램밖에 안 나가는데도 괜찮다며 계속 혼자 지낼 수 있다고 했다. 언니는 오래전부터 엄마를 '꼬마 엄마'라는 애칭으로 부르곤 했다.

어느 겨울날, 나는 언니가 사는 뉴멕시코주 산타페에 방문했다가 돌아오는 길에 엄마 집에 들렀다. 부엌에서 식탁을 짚고 선 엄마가 나를 향해 환하게 웃어주었고, 나는 엄마가 두 발로 똑바로 서기에 불안정한 상태라고는 생각지 못했다. "우리 쪼끄만 엄마가 어디 가시려고요?" 내가 물었다. 엄마는 확실히 살이 많이 빠져 보였는데, 잠시도 머뭇거리지 않고 지팡이를 높이 쳐들면서 말했다. "저기 천국에, 가고 싶구나. 네 아빠랑 같이 있게."

사흘간 엄마 집에 머물기 위해 텍사스에 간 나는 둘째 날 오후 수영을 하러 나와 있었다. 그때 엄마에게서 전화가 걸려왔다. "집에 좀 와줘야겠구나. 뭔가 잘못됐어." 집에 가보니 벽돌 난롯가에 앉은 엄마가 무언가 말하려 하는데 알맞은 단어를 내뱉지 못했다. 나는 전에 아빠를 담당했던 신경외과 의사가 있는 병원에 전화해 우리 엄마에게 일과성 뇌허혈발작TIA[36] 증

---

36   뇌혈관이 일시적으로 막혔다가 24시간 내 뚫리는 현상으로, 반신마비, 언어장애, 실명 등의 증상을 수반하며 이후 뇌졸중 발생 가능성과 연관이 깊다고 알려져 있다.

세가 나타난 거 같다고 말했다. 일과성 뇌허혈발작은 노인을 괴롭히는 '미니 뇌졸중'과도 같았다. 전화를 받은 여성 직원은 잠시 기다리라고 하더니, 몇 분 뒤 다시 수화기를 들고는 진료 예약을 최대한 빠른 날로 잡아도 2주 뒤라고 했다. 나는 분노를 최대한 삼키고 전화를 끊은 뒤 나를 담당했던 정신과 의사에게 전화를 걸었다. 그 의사가 있는 병원은 엄마 집에서 3,200킬로미터 넘게 떨어져 있었다. 그래도 일단 의사 말에 따라 곧장 엄마에게 아스피린을 주면서 병원에 검사하러 가자고 했다. 병원으로 향하던 길을 반 정도 지나자 엄마가 겁이 난다고 말했는데, 엄마에게서 그런 말을 들은 건 50년이 넘는 세월 동안 처음이었다.

엄마의 혈압이 최고 220, 최저 120으로 치솟았고 병원에 들어갈 즈음 정신 상태는 오락가락했다. 엄마는 병실에 아빠가 있다고 확신했는데, 그래서였는지 기분이 좋아 보였다. 심장 전문의가 복도로 나를 부르더니 고개를 내저었다. 나는 침대에 걸터앉아 엄마 곁에서 몇 시간을 기다리다 도저히 무얼 해야 할지 모르겠어서, 엄마가 좋아하는 성경 구절을 읊기 시작했다. 〈시편〉 23장을 모두 낭송한 뒤에는 아무런 맥락도 없이 "내가 산을 향하여 눈을 들리라. 나의 도움이 어디서

올꼬”라고 읊조렸다. 생각나는 구절이 그뿐이라 달리 말할 수 있는 게 없었고, 엄마가 푹 잠들기 전까지 계속 곁에 머물렀다.

이틀 뒤, 안정을 되찾은 엄마는 의식이 또렷해 보였지만 여전히 말을 제대로 하지는 못했다. 나는 언니와 추후 계획을 짜고 보스턴으로 가서 볼일을 보았다. 언니와 나는 요양원을 알아볼 계획이었다. 월요일 아침에 전화벨이 울렸고 전화기 화면에 엄마가 있는 병원 전화번호가 떴다. 담당 간호사의 전화인가 싶어 전화를 받았다.

“게일!” 엄마의 밝은 목소리가 들렸다. “뭐하니?”

자연스럽게 말하는 엄마는 70대로 돌아간 듯 명랑했다. 나는 놀라움을 감추며 엄마가 지난 일을 뚜렷하게 기억하는지 확인하려고 물었다. “엄마, 내가 옆에 앉아 있었던 거 기억해요?”

“물론이지!” 엄마가 대답했다.

“내가 〈시편〉 23장 읊었던 것도 기억해요?”

“그럼, 기억하고말고. 꼭 시골 목사님 같더구나.”

엄마는 아침 일찍 언어치료사가 다녀갔으며 엄마의 상태를 보고 흐뭇해하더라고 전했다. “‘겟세마네’를 제대로 발음하는 거 보니 이제 좀 나아졌단 걸 알겠지

뭐니."

"엄마, 막 뇌졸중을 앓은 사람이 아니더라도 '겟세마네' 발음은 대부분 잘 못할걸요." 그제야 나는 엄마가 길고 구불구불한 길을 지나 우리 곁을 떠나리라는 사실을 어렴풋이 알았다.

그해 봄, 나는 언니를 만나러 갔다가 엄마를 요양원에 보내드렸다. 고양이와 개가 함께 지내는 애머릴로 시내의 고요한 곳으로, 다른 요양원과 마찬가지로 맛없는 식사와 쓸쓸한 밤이 기다리는 곳이었다. 하지만 돌봄 수준은 우수했다. 간호사들은 엄마를 아껴주었고, 근방 수백 킬로미터 이내에서 이보다 돌봄 서비스가 나은 시설을 찾기 힘들었다. 산타페에 사는 언니와 케임브리지에 사는 내가 엄마에게 함께 살자고 제안했지만, 사실 우리로선 예의를 차리느라 주저하며 꺼낸 말이었다. 우리는 엄마가 그 제안을 받아들이지 않을 것이며, 엄마에겐 우리가 제공할 수 있는 것보다 물리적 돌봄이 더 많이 필요하다는 걸 잘 알았다. 엄마는 그간 60여 년 넘게 살던 도시에서 계속 머물고 싶어했다. 하지만 결국 요양원에 들어가던 날, 엄마는 암울한 표정을 지으며 마침내 입을 꾹 닫았고 마중을 나온 직원,

언니와 나, 그 누구와도 말하려고 하지 않았다.

아빠는 내가 텍사스 집에 갈 때마다 으레 사무실로 데려가서 주식 포트폴리오를 보여주었다. 아무것도 없는 상태에서 현명한 선택과 강인한 정신으로 오랜 시간 꾸려온 결과물이었다. 그러곤 항상 같은 말을 했다. "나한테 무슨 일이 일어나더라도 네 엄마를 요양원에 보내지 않겠다고 약속해라."

10년, 아니 20년이란 세월 동안 거의 반년에 한 번씩 이 말을 들었다. 그러다가 아빠가 80대 초반이 되자 노인성 치매 초기 증상이 나타났고, 나는 아빠가 들어줄 만한 진실을 버무려 대답해내는 법을 터득했다.

어느 끔찍했던 날, 이미 아빠의 운전면허증을 빼앗아두었던 나는 결국 아빠가 대리인 지정서에 서명하며 말했다. "아빠, 절대로 아빠 마음을 아프게 안 해요. 아시잖아요." 그러고는 너무도 많은 중년의 자녀가 마주하는 이 약속 앞에서 나는 "엄마는 반드시 제가 돌볼게요. 약속해요"라고 덧붙였다. 이 말은 엄마에게 가능한 한 최고의 돌봄 시설을 찾아주겠단 뜻이었지, 냉랭한 북동부에 있는 내 집으로 엄마를 모셔와 엄마의 남은 생애 동안 우리 둘 다 미쳐가는 꼴을 보겠다는 말이 아니었다. 아빠가 생각한 요양원은 현실적이지만 종말

론적인 곳이었다. 아빠는 엄마가 지린내 나는 창고에서 길을 잃고 사람들에게 잊히는 상황을 원치 않았던 거다. 대신 우리는 엄마의 가구로 꾸민 아름다운 방에서 24시간 돌봄 서비스를 제공하는 곳을 찾았고, 지난 수년간 엄마 집에 방문해 세탁과 자잘한 심부름을 맡아준 여성 가사 도우미도 고용했다. 요양원에 들어가고 3주 뒤, 엄마는 그곳을 좋아하며 '집'이라고 불렀으며, 이제는 안심하고 방 네 개짜리인 당신의 집을 해체하는 임무를 두 딸에게 넘겼다.

엄마는 그렇게 9개월을 더 사셨다. 나는 엄마를 만나러 갈 때면 엄마 침대에다 땅콩 크림 크래커와 다이어트 콜라를 꺼내두고 농담을 건네곤 했다. 엄마는 잘 들리지도 않았을 텐데 늘 충성스럽게 웃어주었다. 대단히 쇠약해졌음에도 품위를 잃지 않고 휠체어에 앉아서 요리 채널을 보았고, 뭐 하나 잘못하기라도 하면 한 발 쏠 기세로 조그만 13인치 소니 텔레비전을 향해 리모컨을 조준했다. 간호사들은 엄마를 잘 보살펴주었는데, 이따금 허리가 아플 때 진통제를 과용한 엄마가 딸이 본인의 통장을 다 털어서 도망갔다는 망상에 빠지는 바람에 고생하기도 했다. 이런 상황을 전혀 몰랐던 나는 케임브리지에서 엄마한테 안부 전화를 걸었다가 의미심장한 말을 들었다. "엄마, 오늘은 좀 어때요?" 내가 물었다. "음, 괜찮다." 엄마는 의심스럽다는 듯이 음울하게 빈정댔다. "너는 어떤지가 더 궁금한데?" 조심스레 엄마를 안심시킨 뒤 모든 것이 다 괜찮으며 엄마의 걱정은 사실무근이라는 걸 받아들이게 하는 데 5분이 걸렸다. "꿈에 네가 내 돈을 다 챙겨서 어떤 추잡한 놈이랑 픽업트럭을 타고 날라버리더구나." 엄마는 여전히 내가 못 미덥다는 듯 이렇게 말했고 나는 깔깔깔 웃었다. 약간 안도하면서도 그 장면을 상상하니 너무 웃겨서였다. 내가 수년간 엄마 돈을 맡았던 것도 맞고, 픽업트럭을 몰던 의문의 사내도 아주 먼 나의 과거에는 존재했으니.

21

엄마는 내가 자립심을 타고났으며, 그 자립심이 나다움을 만든 결정적인 요소라고 말하곤 했다. 그러면서 내가 서너 살일 때 흔들의자에 앉은 엄마의 무릎에서 내려간 이야기를 들려주곤 했다. "넌 조금 앉아 있다가도 '나 이제 내려갈래요, 엄마'라고 하더구나." 마치 엄마 무릎에서 내려간 모습이 내가 앞으로 반항적인 소녀가 되리라는 증거인 양 엄마는 말했다. 몇 년 전부턴가 이 이야기가 어쩐지 슬프게 느껴졌다. 용기뿐만 아니라 끊임없는 비애를 불러일으켰다. 엄마의 시선과 나의 시선 사이 어딘가에서 한 인물이 탄생한다. 경험과 운명의 지도가 진화해 하나의 자아가 된다.

숨을 거두던 순간, 엄마의 눈에서 눈물 두 방울이 흘렀다. 물 한 모금도 삼키지 못하고 며칠을 견디다가 마지막 몇 시간 동안 사경을 헤맸으니, 그 눈물은 마치 저 먼 데서 누군가가 부른다는 신호 같았다. 2006년 겨울 저녁이었고, 나의 쉰다섯 번째 생일이었다. 엄마는 며칠 전부터 미미한 폐색전으로 고통받았다. 비행기를 타고 텍사스로 넘어가 공항에서 곧장 병원으로 갔더니 병실에 누워 있던 엄마가 흐느끼며 나를 향해 팔을 뻗었다. 언니와 내가 여기 있다는 사실을 안다고 마지막으로 신호를 보낸 것이다.

다음 날 아침, 우리는 엄마를 호스피스 병동으로 옮겼다. 우리는 조용하고 포근한 공간에서 기나긴 오후를 보내고 있었고, 긴급상황에 대기하던 의사가 잠시 병실에 들렀다. 그 무렵 엄마는 날아오르길 기다리는 새처럼 완전히 잠잠했고, 엄마의 몸에서는 임종의 초기 신호가 나타났다. 의사는 엄마의 양쪽 무릎을 찔러보고는 언니와 내게 큰소리로 말했다. "억세게 살아온 어머님들은 숨을 거두기까지 시간이 꽤 걸리기도 해요. 물 한 모금도 안 드시고 열흘을 연명하는 분도 봤어요."
여러 측면에서 참 멍청한 말이라고 느꼈지만 언니와

나는 서로 시선을 힐끔 주고받은 다음, 이곳에서 지켜 보겠다고 의사에게 말했다. 하지만 그가 병실에서 나 간 뒤 나는 공황 상태에 빠졌다. 그때의 혼돈과 위급함을 떠올리면 지금도 가슴이 조여오는 느낌이 든다. 나는 애머릴로를 떠나고 싶었다. 이 끔찍하고 답답한 기다림의 궤도에서 벗어나고 싶었다. 내 부모 중 마지막 남은 사람을 땅에 묻는 비통함에서 도망치고 싶었다. 단거리를 뛰면서 이제 경주를 끝낼 수 있다고 생각했던 내게 누군가가 이건 마라톤이라고 말해준 것만 같았다. 나는 내가 열흘, 아니 사흘도 견딜 수 없는 사람임을 알았고, 엄마도 마찬가지로 견디지 못할 거란 걸 알았다.

상황이 금방 달라지진 않을 거라는 담당 간호사의 말을 듣고 언니와 나는 그날 오후에 한 시간 정도 병동 밖으로 나갔다. 언니는 두어 달 동안 텅 빈 채 새 주인을 기다리고 있는 엄마의 집을 살피러 갔다. 나는 차를 끌고 체육관에 가서 수영장에 몸을 던졌다가 샤워를 했다. 외출 중에 전화로 상황을 확인하다가 병동에서 다시 만나는 게 우리의 계획이었다.

항상 그날 수영장에 머문 시간에 대해 죄책감을 느낀다. 물론 내 안의 상당 부분은 옳은 결말이었다고, 엄마도 찬성했을 각본이었다고 믿지만 말이다. 그날 정신없이 헤엄치던 나는 엄마의 죽음이라는 거대함이 나를 거세게 엄습해오도록 그냥 두었다. 그 감정은 온 세계가 고요할 때만 모습을 드러낸다. 샤워를 마치고 나오니 사물함에서 휴대전화 벨 소리가 울렸고, 전화를 받자 언니가 말했다. "병동에서 전화 왔는데 지금 당장 가봐야겠어." 나는 급하게 옷을 껴입고 약 3킬로미터 떨어진 병동으로 차를 몬 다음 병실까지 거의 뛰다시피 올라갔다. 물기를 머금어 축축한 갈색 스웨터가 어찌나 무겁던지, 건조하고 차가운 텍사스의 바람에 날리던 젖은 머리는 또 어땠는지, 여전히 생생하다.

엄마의 가장 친한 친구인 하일라수Hylasue 아주머니가 문 바로 안쪽에 서서 내게 어서 오라고 손짓했다. 언니는 이미 와 있었다. 침대 양옆에 선 우리는 엄마를 향해 몸을 기울이고, 엄마가 다음 숨을 내쉬기 위해 온몸을 끌어올리는 모습을 지켜보며 5분간 가만히 서 있었다. 나는 두 손을 엄마의 어깨에 올렸다. 엄마의 한쪽 눈가로 눈물이 흘렀고 다른 한쪽에도 눈물이 고여 양쪽 볼을 타고 흐르자 마치 별들이 폭발하는 것 같았다. 나는 "어머나, 이것 좀 봐"라고 말했고, 그때 엄마는 마지막 한 번의 숨을 들이쉬었다. 그러고는 어딘가에서 날

숨소리가 났는데, 그것은 나의 숨소리였음을 깨달았다.

　대체 어떻게 사랑하는 이의 부고를 쓸 수 있는지, 특히 그의 죽음을 맞이하자마자 그럴 수 있는지 절대 이해하지 못했다. 하지만 다음 날 아침, 나는 어떤 이유에선가 정신이 번쩍 들어 엄마 집 부엌에서 뒷마당 쪽으로 돌출된 공간에 앉아 지역 신문 부고란에 실을 글을 써내려갔다.

　조리대 끄트머리에 있는 이 자리는 모두가 이 집에서 제일 좋아하는 곳이었다. 나는 어른이 되고도 거기에 앉아 뒷마당을 내다보며 요리하는 엄마와 이야기를 주고받곤 했다. 엄마는 차분하고 겸손하며 솜씨 좋은 요리사였다. 내가 텍사스 집에 올 때마다 엄마는 "음, 먹을 게 하나도 없어"라고 했고 그러면 나는 냉장고 문을 열었다. 안에는 닭가슴살 구이와 신선한 과일, 채소, 먹다 남은 듯한 밥과 감자 그리고 애머릴로 최고의 바비큐 집에서 사다 놓은 소고기 슬라이스가 있었다. 식기대에는 집에서 만든 파이 두어 종류와 커스터드, 피칸 파이가 놓여 있었다.

　내가 청소년일 때는 돌출된 그 자리에 앉으면 엄마

는 BLT 샌드위치와 따뜻한 차를 내주었다. 이유도 없이 침울했고 기분이 좋을 때가 많지 않은 10대였다. 엄마는 나를 위해서 군이 BLT 샌드위치를 준비했는데, 워낙 마른 딸에게 그나마 좋은 걸 먹이기 위해서였다. 그렇게 30년이 흐른 뒤에도 엄마는 그 자리에 서서 나의 조카 클레어Claire를 위해 오트밀을 준비했다. 조카도 나만큼이나 그 자리를 좋아해서 우리는 몇 년 동안 그 자리를 두고 싸우다가 결국 내가 어른답게 양보했다.

아무튼 엄마의 부고를 바로 그 자리에서 썼고, 부고에 "루비 그로브스 콜드웰Ruby Groves Caldwell은 키가 160센티미터였지만 고등학교에서 농구 스타였다"라는 내용도 써넣었다. 그런데 엄마가 수십 년간 웨스트민스터 장로교회의 신실한 신도였다는 사실을 언급하는 건 깜빡했다.

언니와 나는 아빠의 장례를 치른 장례식장에 갔다. 장례식장의 컴퓨터가 고장 났다기에, 나는 오래된 IBM 셀렉트릭 타자기라도 달라고 해서 직접 장례 공지를 작성했다. 장례식에서 낭독할 성경 구절은 엄마가 좋아하던 〈전도서〉와 〈시편〉 구절로 이미 정해두었고, 찬송가 세 곡이 필요했는데 찬송가를 들여다보니 어릴

적 주일 아침마다 교회에서 끝없이 듣던 반주가 생각
나서 웃음이 터졌다. 우리는 웃음을 멈추지 못하고 반
쯤 울다시피 했다. 마침내 〈아베 마리아〉로 정했다. 교
회 예배당에서 부르기엔 너무 가톨릭스럽지 않나 하고
미심쩍은 데가 있었지만, 엄마를 위해서는 제일 좋은
노래 같았다.

월요일에 예배를 드리기 전까지 엄마를 이틀간 장례
식장에 안치했는데, 그중 첫날 밤 우리는 집에 다녀왔
다. 나는 엄마와 함께 묻어주고 싶어서 조그마한 새끼
사슴이 그려진 작은 칠보함을 케임브리지에서 챙겨와
엄마의 팔꿈치 안쪽에 밀어 넣었다. 그때 언니가 약간
서글프게 말했다. "엄마가 귀걸이를 안 하고 계시네."
정말 언니다운 말이었다. 늘 최신 유행에 민감한 언니
는 감자 포대로 런웨이 아이템을 만들 수 있는 인물이
었다. 언니는 "금방 올게. 엄마의 귀걸이를 챙겨와야겠
어"라고 말하고는 토요일 저녁 여덟 시에 피곤한 줄도
모르고 차를 몰아, 엄마가 머물던 요양원에 가서 적당
한 귀걸이를 챙겨 20분만에 돌아왔다. 엄마의 양쪽 귀
에다 아주 조심스럽게 귀걸이를 달아주던 언니가 말했
다. "여기요."

엄마는 텍사스 태양 아래서 아빠 옆에 나란히 묻혔다. 비석에는 두 분이 탄생한 해인 "1914"가 새겨져 있고, 두 분 이름 사이에 새겨진 리본 모양 위엔 "1943"이라고 새겨져 있었다. 부모님이 결혼한 해였다. 엄마와 내가 함께 고른 비석이었고, 아빠가 돌아가신 해에 아빠의 산소를 찾아갔을 때 엄마는 내 옆에 서 있었다. 내가 생화와 모종삽, 물뿌리개를 챙겨와서 주변에 생화를 심는 동안 엄마는 나무에 기댄 채 기다렸다. 그때 난데없이 엄마가 말했다.

"나는 항상 네 곁에 있을 거야."

뜬금없게 느껴지던 사랑스러운 그 말이 위로가 되었다. 어린아이처럼 그 말을 붙들고 계속 듣고 싶어 이렇게 물었다. "정말요? 정말 곁에 있어줄 거에요?" 그렇게 묻는 내 마음은 '고마워요, 사랑해요, 죽음이 겁나요'라고 말하고 있었다. 내가 자꾸 묻자 엄마는 거슬렸던지 약간 안절부절못하는 말투로 대답했다. "얘가……. 그러겠다고 몇 번이고 말했잖니."

그해 겨울에 나는 여행을 떠날 참이었기에 엄마가 돌아가시고 몇 주 뒤 서부로 갔다. 공항에서 탑승 시간까지 기다리며 흔들의자에 앉아 커다란 겨울 점퍼로 나를 푹 감싸고 눈을 감은 채 몸을 앞뒤로 흔들었다. 문득 '엄마가 죽었다, 엄마가 죽었다'라는 생각이 올라왔고, 그 생각은 인정사정없이 장황한 이야기가 되어 오히려 내가 미치지 않고 평온함을 유지하도록 해주었다. 애도는 도망치고 있었다. 무언가를 강탈당했으며 애도로 이어지는 계단을 놓친 기분이었다. 집에 돌아왔을 때 엄마가 죽었다는 사실은 그대로였고 여전히 믿을 수 없었으니까. 하지만 그런 상태가 애도의 고질적인 특성이며, 우리가 제대로 감당한 적 없는 감정이기 때문이라고 생각한다.

엄마가 다니던 교회의 목사님에게 괴로움에 관해 무슨 말씀이라도 해달라고, 목사님은 이 괴로움을 어떻게 이해하냐고 물었다. 그는 미소를 머금고 "하나님은 사랑이십니다"라고 말했다. 당시에는 그 말이 텅 빈 소리일 뿐이며, 내가 이제 막 목격한 고통을 얼버무리고 넘기려는 표현으로 여겨졌지만, 이제 생각하니 다양한 측면에서 그 말이 옳은 것 같다. 하나님은 사랑이시고, 사랑은 추억이며, 추억은 당신이 차마 내다 버릴 수 없는 상처나 온정 또는 장보기 목록이다.

엄마는 내게 말했다.

"내가 떠나고 나서도 절대 술을 입에 대지 않겠다고 약속
하렴."

이렇게도 말했다.

"얼마나 힘든지 잘 안다."

인생과 일상의 여러 골칫거리를 두고 한 말이었다.
그러고는 덧붙였다.

"내가 해줄 수 있는 말은, 점점 나아진다는 거다."

이렇게도 말했다.

"청바지가 너무 달라붙는 거 아니니."

"립스틱 색이 너무 짙구나."

또 이렇게도.

"우리가 다 너처럼 똑똑했다면 얼마나 좋았겠니."

22

이 이야기에는 악당보다는 영웅이 훨씬 많다. 최악의 장본은 척수성 소아마비라는 바이러스이며, 나는 단 한 번도 내가 여러 사상자 중 한 명이라는 사실을 원망하지 않았다. 그저 1951년 여름, 그 바이러스의 눈에 내가 들어왔을 뿐이라고 믿는 게 다였다. 질병을 악마로 묘사하고 싶지 않다. 박테리아나 세포 돌연변이가 마치 악의를 품기라도 한 것처럼 말이다. 나뭇잎은 떨어지고, 바이러스는 침범하고, 사자는 먹잇감을 쫓는 삶의 행진이 만드는 부수적 피해에 집착하지 않는다. 그 앞에 놓인 존재에 난폭한 영향을 미치더라도 말이다.

수년간 사람들은 소아마비 때문에 너무 화나지 않

냐고 묻곤 했다. 처음 들었을 때도 참 이상한 질문이라고 생각했고, 아직도 누군가 그렇게 물으면 놀란다. 이러한 반응만으로도 내가 소아마비를 삶의 한 조각으로 온전히 받아들였다는 걸 알게 되었다. 무엇보다도 소아마비에 걸리지 않았거나 그 영향을 받지 않은 세월이 단 몇 개월에 불과하니, 말하자면 소아마비가 나의 기준점인 셈이다. 밀고 나가야만 했던 벽이다. 모두에겐 그런 벽이 하나씩 있다.

이뿐만 아니라 새로운 진단을 뒤늦게 받은 데 분통 터지지 않았냐는 질문도 받았다. 고관절이 망가지는 증상이 나타난 뒤 적어도 10년을 더 그렇게 보냈는데 억울하지 않냐고. 내 대답은 '아니오'인데 단지 용감해 보이려고 이렇게 답하는 건 아니다. 이렇게 대답할 수 있는 건 수년간 AA 모임에 참석하며 사람들의 이야기를 들은 시간 덕분인 것 같다. 이야기는 끔찍할 수도, 비통하고, 두렵고, 절망으로 가득할 수도 있다. 중요한 건 이야기를 빙빙 돌려 하지 않는 것이다. 질질 끌면서 돌려 이야기하는 건 어떤 방식으로든 이야기 자체의 목적을 헛되게 한다. 당신은 이야기를 바꿀 수 없다. 어느 날 오른쪽 대신 왼쪽으로 돌아가거나, 어떤 실수를 저지르지 않고 다음날의 삶을 구할 수는 없다. 우리에겐 그런 선택권이 없다. 당신을 여기 있게 한 건 바로 그 이야기며, 그 이야기의 진실을 받아들여야만 결과를 견딜 만해진다.

그러니 여기에 분노는 없다. 열두 시간씩 일해가며 내게 코르티손 주사를 처방하거나 엑스레이 촬영 대신 다른 소견서를 써준 레지던트나 물리치료사 혹은 내과 전문의에게 화가 나지 않는다. 작고 부차적인 줄거리 천 개가 모여 내가 필요한 걸 얻지 못한 날이 되었고, 그중 대부분은 내 권한 밖이었을 가능성이 크다. 하지만 그러다가 래니어 박사와 매팅리 박사를 만났고, 내 말을 듣고 관심을 기울이고 옳은 조치를 해준 모든 이를 만났다. 이것이야말로 이야기의 극적인 전환이라고 생각하고 싶다.

기적을 너무 믿지 않는다. 기적은 현란하지만 실증적 근거는 희박해 불빛을 오래 지속하지 않으니까. 대신 나는 느린 경로를 택할 것이다. 하루에 사과를 한 개씩 먹으며 다리 들어 올리기를 천 번 해낼 것이다. 당신은 하늘을 가르는 천둥소리를 들어야 한다. 그래야만 천둥에 동반하는 빛의 쇼를 보게 된다. 그렇게 당신은 광채의 증인이 되고, 기다리며 지켜보는 법을 알게 된다.

내가 '뉴트리나'라고 부르는 크리스와 함께 체육관 로비에 서 있었다. 크리스의 우아함과 힘은 어찌나 자연스러운지, 뻗어가는 나무를 연상하게 된다고 그에게 말한 적이 있다. 그렇게 우리 둘 사이에는 '뻗어가는 나무'라는 암호가 생겼다.

물리학 교사인 크리스에게 가속도에 관해 물어보았다. 헤엄치거나 걷다가 특정 속도와 능률에 이르면 왜 가속도가 붙어서 저절로 나아가지는지를 말이다. 어린 아이가 이 땅의 명백한 진실을 알아내듯 나도 우연히 이 사실을 알게 되었다. 보트에서 몇 번 그리고 수영장에서, 나의 다리가 나를 앞으로 보낼 수 있을 만큼 충분히 튼튼해진 덕분이었다. 땅에서는 더 이루기 힘든 승리였다. 몇 개월 동안이나 마치 물속에서 걷듯 느릿느릿 힘겹게 걸었다. 희망과 패배, 희망과 패배가 이어진 계단이었다. 그렇게 수만 번을 걷고 또 걸었다.

그러던 어느 날, 조금 빠르게 걷기를 시도했는데, 빠르게 걸으니 더 쉬웠다. 당황스러웠다. '게일의 법칙'에 따르면 모든 것은 힘겹게 이뤄내야만 하는 법이었다. 크리스 앞에서 천천히 걷는 시범을 보이고 난 뒤 빠른 걸음으로 걸어봤다. 그러자 크리스가 나를 따라 했다. 조심스럽고 느린 걸음을 흉내 내며, 내가 문제를 양쪽으로 밀어내느라 에너지를 낭비하고 있다고 말했다. 내가 속도를 높이자 걷기란 원래 그런 거라고 했다. 앞으로 나아가며 땅을 밀치는 행위라고 말이다. '게일의 법칙'보다 '뉴턴의 법칙'을 훨씬 더 선호했던 '뻗어가는 나무'가 내게 말했다. "세상을 디디면 세상이 자기를 밀어줄 거야."

2012년 말~2013년 초, 겨울

수술을 마치고 집에 돌아와 보니 우리 집 현관에 "힙힙
호레이HIP-HIP HORRAY,[37] 집에 온 걸 환영해"라고 피터
가 쓴 작은 플래카드가 있었다. 그걸 떼어내 집 안에 붙
여두고 운동할 때마다 보았다. 두어 가지 이유로 그 플
래카드가 좋았다. 우선 'Y'를 목발 모양으로 그려 꾸며
놓았다는 점과 '후레이hooray'의 스펠링이 틀린 게 너
무도 피터다워서였다. 디자이너 기질이 다분한 그가
의도적으로 이미지를 생각해 스펠링을 틀리게 썼다는

---

[37]   영미권에서 축하 및 응원할 때 쓰는 표현으로, 한 사람이 "Hip,
       Hip"을 선창하면 나머지 사람이 "hooray"를 외치는 식이다.

사실을 나는 알았다. 그렇다. 나는 이제 집에 왔고, 한참이 지나서야 집에 돌아왔다는 게 무엇을 의미하는지 이해하고 그 관념 자체를 소중히 여기게 될 터였다.

엄마가 돌아가시고 한 해 뒤에 이웃과 부동산 논쟁에 휘말려 아예 이곳을 떠버릴까, 한동안 생각했었다. 이 동네뿐만 아니라 좋은 친구들, 공원, 호수 그리고 내 삶의 아주 많은 부분을 채우는 거리의 낯익은 얼굴들을 다 버려두고서 말이다. 부동산 문제로 골머리를 앓던 어느 날 밤, 다급한 마음에 깜짝 놀라 잠에서 깼다. '만약 내가 이사를 가면 엄마가 날 못 찾을지도 몰라.' 이런 확신이 강해지자 쪽지 하나도 남기지 않고 막사를 철수할 뻔했다는 생각에 빠졌다. 이제 나는 고정된 물체이자 지상에 묶인 암사자이며, 천상의 영혼이 된 엄마는 언제든 내가 있는 곳을 알아야 할 것만 같은 격렬하고도 비이성적인 느낌에 사로잡혔다.

요즘은 숲에 가서 3.2킬로미터에 이르는 언덕진 둘레길을 개와 함께 걸어도 두려움이나 심한 피로감을 느끼지 않는다. 언젠가 한 번은 샤일로를 앞질러 걸어 녀석의 신경을 건드린 적이 있다. 민첩한 양치기견의 머리로 나의 걸음걸이가 평소보다 빨라졌음을 감지한 것이다. 이제 수영장에서도 두 다리로 헤엄쳤고, 조정 시즌도 잘 마무리했다. 예상보다 더 힘든 시즌이었어도 특별한 즐거움이 있었다. 수년 동안 조정을 하며 오른쪽 팔이 오른쪽 다리가 해야 할 일을 과도하게 대신했다. 그게 자연스러워지다 보니 올해는 거의 모래톱에 닿을 정도로 뱃머리 방향을 틀어버렸다. 내 오른쪽 다리가 제 할 일을 해낸 것이다.

소아마비의 영향을 받은 근육과 힘줄엔 여전히 문제가 있고 앞으로도 늘 그럴 것이다. '캠프 게일'은 영구적으로 운영되리라 예상한다. 마라톤이나 50미터 단거리 경주에 나가는 일은 결코 없겠지만, 지난번 프레시 호수로 가는 길에는 개들과 왈츠를 추었다. 단지 내가 할 수 있는 걸 증명하고 싶어서였다.

아직은 어떻게 얼마만큼 회복할지 잘 모르겠다. 수술한 뒤 가장 중요한 시기는 지나왔다. 대부분 의학 전문가들이 말하는, 고관절 전치환술 이후 완전한 회복까지 걸리는 기간을 말이다. 하지만 내 담당 의사는 이제 반 정도 왔다고 말한다. 어떤 날에는 내가 《오즈의 마법사》에 나오는 양철 나무꾼처럼 느껴지는데, 기름통은 보이지 않고 새로이 몸의 일부가 된 여러 부품은 재건축된 몸에 나름 맞춰가는 중인 듯하다. 나이 예순에 다리를 발달시키려면 두 살 혹은 열일곱 살, 심지어 마흔 살일 때보다 더 많이 인내하고 수용해야 한다. 그러나 믿을 수 없을 만큼 키가 커지고 튼튼해졌으며, 이 어마어마함은 여기까지 오는 데 느낀 모든 힘듦을 덮고도 남았다.

수술하고 8개월 뒤, 활짝 웃는 얼굴로 진료실로 걸어 들어가며 말했다. "선생님의 두꺼운 이력서에다가 '소아마비를 고쳤음'이라고 추가해야 할 것 같은데요." 그도 내 말에 웃어 보였지만 그런 이력은 필요 없을 것이다. 최고의 의사는 이미 자신이 해낸 일만으로도 꽤 만족한다. 그는 내 오른쪽 다리가 정상의 85퍼센트 정도의 힘을 되찾을 거라고 여러 번 말해주었다. 믿기 어려운 말이었다. 물론 앞으로만 전진하던 삶도 시간의 저항력이 작용하면 거대한 그림자 속에서 막을 내릴 것이다. 내 앞에 놓인 진짜 과제는 다리 들어 올리기나 깊은 강 혹은 막연한 미래를 받아들이는 일이 아닌 내게 일어나는 일 그 자체를 축복으로 받아들이고 행복한 결말로 이야기를 고쳐 쓰는 일일 것이리라.

이제야 알게 된 건, 오래 버팀으로써 비탄에서 확실히 살아남는다는 사실이다. 이어진 현실은 비통함을 가린다. 죽어버린 사랑하는 이를 마음에서 놓지 못하는 사이, 우리는 현실과 거래해 비탄을 덮어버린다.

여름 끝자락의 어느 오후, 강에서 조정을 하던 나는 캐럴라인에게 말을 걸었다. 사향쥐가 자주 눈에 띄던 갈대밭 옆 상류에서였다. "자기 거기 있어? 내 말 듣고 있는 거야?"라고 말했고, 더는 잘 울지 않던 때였는데 그 순간엔 눈물이 볼을 타고 흐르기 시작했다. 그리고 이렇게 말했다. "자기가 안 듣고 있다고 생각하면 그냥 너무 외로워. 우리 아빠는 여전히 나를 자랑스러워하고 자기는 늘 나를 이해해준다고 생각하고 싶어. 그렇게 믿지 않으면 너무 쓸쓸한걸."

그러곤 생각했다. '자기가 여전히 금발에 바싹 마른, 늘 웃는 캐럴라인 냅의 모습 그대로 그곳에 있다면 너무 어렵고 복잡하게 느껴지긴 해. 왜냐면, 생각해봐. 지금껏 사람 수십억 명이 세상을 떠났는데, 계속 쌓이고 쌓이면 아무리 신이라 해도 감당이 안 될 거 아냐. 어마어마한 쌍방향 대화가 동시에 이뤄진다면 말이야. 그러니까 아마 거기엔 어떤 커다란 의식의 젤리 덩어리가 있고, 필요한 사람만 개별적으로 연결되겠지. 지상에 속한 우리는 그런 걸 추억이나 사랑이라고 해석하나봐. 우리는 자신도 모르지만 모두 천사인 거야.'

섭씨 32도에 해가 쨍쨍하던 파란 하늘이 갑작스레 어두워지더니 어디선가 시원한 산들바람이 불어와

30초 정도 열기를 식혀주었다. 나는 생각했다. '그래, 만일 거기서, 저기 저 여성에게 우리가 듣고 있다는 메시지를 보내주자. 아주 잠깐만 시원한 산들바람을 보내는 게 어떨까?, 하고 생각했다면 미풍을 일으키는 거 말고 무얼 할 수 있었겠어?'

사향쥐를 본 지점과 다리 사이에서 이 모든 생각을 했고, 뱃머리 방향을 돌린 시점에는 돌아갈 땐 복근을 사용하는 걸 잊지 말라고 말하는 캐럴라인의 목소리를 들었다. 그렇게 약 800미터를 내려와 모래톱으로 올라온 뒤 집으로 향했다.

9월 말에는 로드 아일랜드Rhode Island로 넘어가는 지역 부근의 매사추세츠 웨스트포트Westport에서 햇살과 거친 바람을 맞으며 주말을 보냈다. 작은 만과 둑길 그리고 바위투성이 해안이 길게 이어진 곳이었다. 그곳에서 머물던 마지막 날 이른 오후, 튤라와 내가 해안으로 몰래 들어갈 수 있게 사람들이 모두 자리를 뜨길 바라며 차를 몰아 해변으로 향했다. 우리는 모래언덕 윗길에서 400미터 정도 걷다가 들장미 밭에 가려진 다리를 건너 해안에 갔다. 근처에 있던 유일한 커플이 '11월까지 반려견 출입금지'라는 주차장 안내판을

보더니 조그마한 검정 강아지를 비치타월에 쏙 감추었
다. 그들도 튤라를 보았고 우리는 웃으며 서로를 향해
손을 흔들었다.

'튤라'라는 이름을 어디서 따왔냐는 질문을 받을 때
마다 내가 좋아한 옛 남부식 이름이라고 말한다. 그 대
답은 사연의 일부일 뿐이다. 튤라의 이름은 '시드 채
리스Cyd Charisse'에서 따왔다. 프레드 아스테어Fred As-
taire[38]와 진 켈리Gene Kelly[39]가 활약한 시대에 신체의
아름다움을 뽐내며 활동한 무용수의 이름이다. 2008년
에 채리스가 사망하자 몇몇 지인이 내게 부고를 보내
주었다. 채리스도 애머릴로에서 나고 자란 사람이었기
때문이다. 한 친구는 "다리가 긴 텍사스 사람은 다 애
머릴로 출신인가봐"라고 덧붙였다. 그 때문에 나는 채
리스가 텍사스의 조그만 마을에서 자란 소녀였으며,

---

[38] 미국의 남성 배우이자 무용수로, 약 80년간 왕성하게 활동하며
     1937년작 〈쉘 위 댄스Shall We Dance〉를 비롯한 수많은 뮤지컬 영
     화에 출연했다.

[39] 미국의 남성 영화감독 겸 배우이자 무용수로, 영화 〈사랑은 비를
     타고Singin' In The Rain〉의 감독이자 주연 배우로 유명하다. 프레
     드 아스테어와 비교되며 서로가 라이벌로 자주 언급됐다.

세례명이 '튤라 엘리스 핀클리아Tula Ellice Finklea'라는 것 그리고 1920년대에 여섯 살의 나이로 소아마비에 걸렸다는 사실을 알게 되었다. 채리스의 아버지는 발레를 너무 사랑한 나머지 딸을 발레 수업에 보내 힘을 기르게 했고 무용의 역사에 새로운 문을 열었다.

그 무용수의 이름을 따서 반려견의 이름을 지었다. 아마 그러면서 내겐 부족하지만 은연중에 늘 바라던 신체적 우아함과 기능을 개에게 부여하고 싶었는지도 모른다. 나의 튤라는 다리가 넷인 쇼걸이었다. 누구든 숲을 달리는 사모예드의 모습이 무용하는 모습과 그리 다르지 않는다는 걸 알 것이다. 파도를 탈 때면 녀석은 사교댄스 스텝으로 조금 뒷걸음질치며 춤을 멈추다가 몸을 옆으로 돌려 다시 시작한다.

웨스트포트 해변에 파도가 밀려왔고, 밝은 햇살이 내리쬐는 바다의 수온은 대략 섭씨 18도였다. 헤엄치기엔 차갑지만 거부하기엔 너무도 감각적인 온도. 바닷물과 맞닿은 해안선에는 바위가 많고 공룡알만 한 돌덩이도 있어 위험해 보였다. 스니커즈를 신은 채 바위 위로 올라갔다가 물가에 다다르자 신발을 벗어놓았다. 혼자 물에 들어가기엔 겁이 나 멈춰 섰다. 수년간 나는 신발을 신고 홀로 바닷물에 온몸을 담그곤 했고, 땅에서 걸을 때보다 훨씬 능수능란하게 헤엄쳤다. 내가 진짜 맨발로 물을 헤집고 갈 수 있을지 알 수 없었고, 맨발로 시도한 적이 있는지 기억도 나지 않았다.

그러다가 생각했다. '최악의 상황이라고 해봤자 이 아름다운 모래사장에 넘어지기밖에 더하겠어.' 신발을 벗고 최근 몇 년 중 가장 안정적으로 걸어서 모래에 맨발을 대고 발가락 사이로 물이 빠져나간 느낌을 기억해냈다. 나는 황홀경에 빠져 동굴 속으로 걸어 들어가는 베르나데트Bernadette[40]였다. 멀리 나아가면 갈수록 더 쉬워졌고, 튤라는 앞뒤로 나를 쫓으며 빠르게 파도를 타다가 다시 얼굴을 드러냈다. 나는 9월의 대서양을 헤집고 앞을 내다보며 생각했다.

'달려, 튤라 엘리스. 네 모든 슬픔을 지나 빠르게 달리고 춤을 추며 계속 나아가는 거야. 우리 모두 쓰러질 때까지.'

40　1858년 프랑스 루르드에 열네 살 소녀 베르나데트 수비루Bernadette Soubirous에게 성모께서 세 번이나 나타났다고 전해진다. 이 이야기로 인해 마을은 많은 사람이 찾는 순례지가 되었으며, 병이 나은 순례자가 있다는 이야기도 있다.

◦ 감사의 말 ◦

회고록은 프리즘이라고 생각한다. 과거를 비추는 빛이
순전하고 직접적일 리가 없다. 나의 언니 패멀라 콜드
웰 모리슨Pamela Caldwell Morrison은 기억을 더듬고 이야
기를 거슬러 올라가는 데 어마어마한 도움을 준 협력
자다. 랜덤하우스 출판사의 편집자 케이트 머디나Kate
Medina와 린지 슈워리Lindsey Schwoeri는 다양한 관점의
혜안을 제공해주었다. 책을 집필하는 과정에서 안내자
역할을 해준 그들에게 감사의 마음을 전한다. 나의 에
이전트이자 벗인 레인 재커리Lane Zachary는 이 책을 아
우르는 방식을 생각하는 데 있어 최고의 에이전트이자
벗의 역할을 톡톡히 해주었다. 루이스 어드리크Louise

253

Erdrich, 진 킬본Jean Kilbourne, 앤드리아 코언Andrea Cohen 은 내 이야기를 듣고, 내 글을 읽고, 기운을 북돋아주고 위로를 건넸으며, 가치를 매기기 힘든 창의적이고 정 서적인 지원을 해주었다.

수년 전 소아마비와 관련해 사적이면서도 사회의 역 사가 담긴 책을 접하였다. 캐스린 블랙Kathryn Black의 《소아마비의 그늘에서In the Shadow of Polio》와 제인 S. 스미스Jane S. Smith의 《태양에 특허를 내는 것Patenting the Sun》이라는 책이다. 더욱이 최근 데이비드 M. 오신 스키David M. Oshinsky는 《소아마비Polio: 미국의 이야 기An American Story》에서 미국에서 발생한 소아마비 대 유행과 백신이 나오기까지의 역사를 완벽에 가깝게 다 루었다.

지난 20여 년간 개에 관한 것은 대부분 개들에게 서 배웠다. 물론 인간들도 도움을 주었는데, 피터 라 이트Peter Wright, 에이미 캔터Amy Kantor, 마저리 겟 첼Marjorie Gatchell, 도로시 그레이시Dorothy Gracey, 캐 시 더 나탈레Kathy de Natale 그리고 재니스 호벨만Janice Hovelmann의 명민함과 그들의 지침에 특별히 감사의 말을 전한다.

많은 친구들이 친절과 관용, 훌륭한 유머를 공짜로

선물했다. 지난 몇 년 동안 정말 좋은 사람들과 함께 했다. 페니 포터Penny Potter, 낸시 헤이스Nancy Hays, 피터Peter와 팻 라이트Pat Wright, 도나 워너Donna Warner, 틴크와 데이비드 데이비스David Davis, 크리스 파스테르칙Chris Pasterczyk, 에이버리 라이머Avery Rimer, 로코 리치Rocco Ricci, 피터 제임스Peter James, 질과 마크 셔머호른Marc Schermerhorn, 모건 맥비카Morgan McVicar 그리고 체육관에서 함께 운동했던 여성들에게 나의 감사와 사랑을 전한다. 나를 돌봐주었던 스티븐 래너어Stephen Ranere 박사와 데이비드 A. 매팅리David A. Mattingly 박사에게도 특별히 감사드린다.

마지막으로, 나를 지탱하는 힘의 두 축이 있다. 나의 엄마 루비 콜드웰이 지녔던 불굴의 정신은 이 책에 맴돈다. 엄마가 세상을 떠나고 수년이 지났지만 그 정신은 지금까지도 내게 용기를 준다. 그리고 모든 의미에서 딕 채이신은 내가 걷는 법을 배우도록 도와주었다. 내가 이 책을 그에게 바치는 이유다.

New Life, No Instructions

∘ 과거의 나에게 말했으면 좋았을 다섯 가지 ∘

1. 아빠는 당신이 듣지 못하는 무언가를 말하고 있다

우리 아빠는 거칠고 때로는 군림하려는 텍사스 가장의
전형적인 모습이었고, 10대였던 두 딸을 보호해야 한
다는 생각으로 동네 소년들에게 잔뜩 겁을 줬다. 당연
히 1950년대 텍사스 팬핸들이기에 가능한 일이었다.
남자애가 늦은 밤에 나나 언니의 창문 아래서 얼짱대
기라도 하면 아빠는 장전하지 않은 총을 어깨에 지고
주위를 순찰하곤 했다.

왜 아빠는 그저 뒤를 조심하라고 표현하거나, 우리
를 얼마나 사랑하는지 직접 말하지 못했을까? 이제야
나는 아빠가 우리에게 말을 하고는 있었음을 안다. 다

257

만 '가장 위대한 세대The greatest generation'[1]는 말없이 힘
을 보여주는 것으로 사랑을 표현하는 경우가 너무도
흔했다. 아빠가 우리에게 "너는 세상에서 가장 소중한
짐짝이니, 너를 지키기 위해서라면 난 무엇이든지 할
거야"라고 말했더라면. 그랬다면 나도 나 자신에게 그
말을 해줄 수 있었을 텐데.

2. 신체와 더불어 살아가자

우리의 근육과 뇌세포엔 놀라운 가능성이 있다. 사람
은 아이를 낳고, 산에 오르고, 새벽 세 시까지 춤을 춘
다. 당신은 미적분을 배울 수도 있고, 스페인 땅의 거의
반을 걸어서 횡단할 수도 있으며, 그렇게 한다 해도 당
신의 몸과 뇌가 뒷걸음질 치는 일은 잘 없다. 힘들면 푹
자고 일어나 다시 시작하면 된다. 그렇게 오래도록 수
십 년 동안 살아갈 수 있다.

   단, 멍청한 약물을 멀리하고, 맥주를 너무 많이 마시
지도 말고, 치즈 케이크를 일곱 접시나 먹지 않는다면.

---

1   1900~1924년에 태어난 미국인 세대를 일컫는다. 이 세대는 대
     공황의 여파 속에서 성장해 제2차 세계대전을 겪고 이후 미국의
     전후 부흥을 이끌었다.

과속하는 자동차 앞으로 걸어다니지 않고, 같은 맥락에서 과속하는 차에 타지 않는다면 말이다.

3. 걱정되고 주눅 들고 불안할지라도 당당하자

남들에게 당하고만 살기에는 자신이 너무 멋진 사람임을 믿는다면, 괴롭히기 좋아하는 세상 사람들이라도 당신의 생각을 믿고 그냥 지나칠 것이다.

그러기 위해선 스포츠나 의술처럼 나날이 연습해야 한다. 총기를 소지하고 포커 게임을 즐겼던 우리 아빠가 늘 말했듯, 약간의 엄포도 적재적소에 놓을 줄도 알아야 한다. 최근 내 덩치의 두 배나 되는 사내가 비행기 통로에서 부적절한 행동을 하는 모습을 본 적 있다. 그가 내 허리에다 손을 두르기에 나는 앞뒤 생각도 하지 않고 그의 눈을 노려보며 손을 쳐들고 말했다. "이보세요, 뒤로 물러서는 게 좋을 거예요. 지금 당장."

아무래도 드라마 〈트루 디텍티브True Detective〉에서 매슈 매코너헤이Matthew McConaughey의 모습을 너무 많이 봤나 보다. 그래도 그 남성은 재빨리 뒤로 물러나더군.

4. 모든 것, 말 그대로 모든 것이 중요하다

아무도 안 볼 때 당신이 친절하게 대했던 친구의 어린

남동생, 참을 만했거나 끔찍했던 이별, 자리 때문에 시비가 붙었던 주차장. 중요한 건 그 주차장이 아니라 당신의 대응 방식이다. 당신이 내보인 친절과 자비 그리고 할 수 있다면 최선의 모습을 보여주려는 태도.

모든 것이 중요한 이유는 그것이 '내력' 혹은 '경험'이라 불리는 거대한 것으로 변하여 결국에는 삶 자체가 되기 때문이다. 심지어 드라마 〈왕좌의 게임Game of Thrones〉에서 사람도 죽이려 드는 하운드 마저 아리아에게 "사람은 저마다의 도리를 정해서 지켜야 해"라고 말했다. 당신도 당신만의 도리를 정하고 그에 따라 살아가기를.

5. 숨을 크게 들이마시며 살아 있음의 기적을 기억하자

사랑, 색채, 음악, 지구의 아름다움. 이 모든 것은 훗날, 몇십 년 뒤, 당신이 세인트루이스St. Louis 거리를 걸을 때나 코드곶 해변을 거닐 때 쓸모 있다. 그럴 때 당신은 어떤 음악을 듣고는 뒤를 휙 돌아볼 것이다. 노래 〈밤 수영Night Swimming〉을 들으면 울고 싶어질 것이다. 그 노래는 당신을 캘리포니아주에 있는 포인트 레예스Point Reyes해변이나, 텍사스의 본넬Bonnell산 너머를 바라보던 황혼 녘으로 데려가니까.

추억은 컴퓨터의 메인보드와 같다. 많은 경험으로 추억을 쌓으면 언제든 되돌려 받는다.

추신

이 글을 읽은 당신은 내가 인생의 힘든 시간에 관한 내용을 많이 다루지 않았다는 사실에 주목할 것이다. 힘든 일은 언제든 있다. 걱정과 슬픔 그리고 우리가 어찌해볼 수도 없는 작은 지옥은 늘 생긴다. 그런 상황에 대비하도록 도와줄 책은 없다. 좋은 일을 하면서, 눈을 들어 위를 보면, 나머지 상황에 대한 충격은 점점 완화될 것이다.

_오프라닷컴(Oprah.com)**에 소개한 글**

아래 질문을 통해 책의 내용을 되새기며 독자 자신의 이야기를 꺼내봅시다. 게일 콜드웰처럼 지나온 시간을 회고하며 의미 있는 존재와 여러 추억을 떠올려보길 바랍니다.

1. 이 책은 '새로이 시작한 삶'을 주제로 다루고 있습니다. 나이가 몇 살이든 다시금 주어진 기회에 관해서 말입니다. 살면서 무언가를 새롭게 시작한 순간이 있었습니까? 그 순간에 가장 좋은 점은 무엇이었으며, 가장 어려운 점은 무엇이었습니까?

2. 뒷마당에서 튤라를 바라보던 콜드웰은 이렇게 썼습니다. "우리는 사랑하는 대상을 자기 자신보다 더 사랑하며, 벨벳이 깔린 자기만의 감옥에 갇혀 있기보다는 더욱 거대하고 관대한 무언가를 향해 나아간다." 당신도 어려움을 겪으며 무언가를 혹은 누군가를 점점 사랑한 경험이 있습니까? 힘든 시기를 지나며 사랑하는 이와의 관계가 더욱 견고해졌습니까? 그로 인해 당신은 인간으로서 성장했다고 느꼈습니까?

3. "익숙한 불행에 얽매여서, 때로는 그 상태를 박차고 나오는 것보다 그대로 머무는 게 더 쉽다는 점을 데이비드는 알았으리라." 이미 아픔에 익숙해진 다리와 기존의 자아는 콜드웰이 정체성을 형성하는 데 어떤 역할을 했으며, 다리를 치료하는 과정에서 어떻게 작용하였습니까? 당신은 고통스러운 무언가를 내려놓지 못한 경험이 있습니까?

4. 이 책 전반에 걸쳐 튤라는 콜드웰이 계속 전진하며 삶을 개선하도록 하는 기폭제 역할을 합니다. 살아오면

서 당신에게 영감을 주고 동기부여가 된 사람이나 동물이 있습니까? 그들에게 깊은 감사를 느낀 적은 언제입니까?

5. 콜드웰은 과거 애인이었던 S와 어떤 관계였는지, 그 관계에서 어떤 문제가 발생했는지 묘사했습니다. 콜드웰은 어머니와 상의했고 "엄마는 나의 자유 낙하를 막아냈다. 내가 허공으로 떨어질 때 절벽에서 튀어나온 바위가 되어주었다"라고 썼습니다. 당신은 인생의 중요한 전환점에서 어머니의 도움을 받은 적이 있습니까? 나에 대해서 오히려 어머니가 나보다 더 잘 안다고 느낀 적이 있습니까?

6. 콜드웰은 기적을 너무 믿지 않는다고 말하며 "기적은 현란하지만 실증적 근거는 희박해 불빛을 오래 지속하지 않으니까. 대신 나는 느린 경로를 택할 것이다. 하루에 사과를 한 개씩 먹으며 다리 들어 올리기를 천 번 해낼 것이다"라고 덧붙였습니다. 살면서 무언가를 부지런히 실천한 시기가 있었는지 생각해봅시다. 그렇게

함으로써 과거에 쉽게 얻은 성취보다 더 값진 결과를 얻었습니까?

7. 이 책은 기존 틀에 얽매이지 않는 가족 형태도 다루고 있습니다. 콜드웰은 이웃과 함께 가족을 구성했고 이렇게 썼습니다. "내가 속한 곳에서 축복받았다고 느꼈다. (…) 그러나 여기 나만 홀로 남았을지라도, 진실로 나의 주변에는 서로 연결된 힘이 둘러싸고 있었다." 당신이 창조해낸 가족의 구성원은 누구입니까? 다른 사람이 당신을 도와주지 못할 때, 그들의 도움을 받은 적이 있습니까?

8. 콜드웰은 이런 깨달음을 얻었습니다. "오히려 고독 그 자체가 당신의 심장을 뻗어나가게 한다. 배우자와 자녀들이라는 통상적인 완충장치가 없기에 그 너머에 있는 친밀함의 원을 향해 손을 뻗는다." 살면서 가족이나 친구와 떨어져 오롯이 홀로 지낸 경험이 있습니까? 그때 가장 먼저 당신에게 손을 뻗은 사람은 누구입니까? 가장 친밀하게 연결되어 있는 사람은 누구입니까?

9. 콜드웰은 자신의 여정이 '희망의 재점화'였다는 의미에서 다음과 같이 썼습니다. "무엇보다 나는 희망과 희망의 부재 그리고 어떻게든 살아가는 법에 관해 말하고 싶어 이 책을 썼다." 살면서 가망이 없다고 느낀 적이 있습니까? 당신이 희망의 불꽃을 재점화하는 데 도움을 준 존재는 누구입니까?

10. 결국 콜드웰의 이야기에서 "난폭한 기적"은 반려견 튤라였습니다. 살면서 당신을 완전히 새로운 방향으로 성장시킨 반려동물이 있습니까?

게일의 책을 읽을 때마다 불타오른다. 이 삶을 견디고 사랑하겠노라고.

불리한 세계의 바닥을 딛고 스스로 기적에 이른 진실한 인간의 내면 기록. 혹은 운명이라는 험난한 항로를 벗어나 기어이 행복의 종착지로 선회한 한 굳센 천사의 이야기.

모든 영웅 서사시처럼 그 여정에는 상실과 애도, 믿음, 고난을 뛰어넘는 용기와 사랑이 깃들어있다. 내가 일생을 찾아온 책이 있다면 바로 이런 책이다.

_죽음현장 특수청소부, 《죽은 자의 집 청소》 작가 김완

인생에 대한 현명한 말을 보다 보면 가끔은 다 안다는 착각이 들 때가 있다. 그리고 파도를 만났을 때 문득 깨닫는다. 사실은 아무것도 몰랐구나.

어떤 사람은 좌절이 자기를 삼키려고 하는 순간, 버텨내고, 그것을 반짝이는 조각으로 바꾸어 타인과 나눈다. 게일 콜드웰은 예순을 앞두고 평생 외면했던 어떤 사실을 직면하고, 용감히 겪어낸다. 나는 내 삶에서 몇 번이고 이 책이 새로워질 것을 안다. 파도 앞에서 이 책을 떠올릴 수 있다면 그것은 나의 행운일 것이다.

_음악가, 《괜찮지 않을까, 우리가 함께라면》 작가 오지은

통찰과 지혜가 가득한 글이라 읽는 내내 즐겁다. 콜드웰이 우리에게 들려줄 이야기는 아직 무궁무진하다.

_〈뉴욕타임스〉

게일 콜드웰은 좋은 벗, 자매 혹은 엄마가 전해줬으면 하는 지혜와 품위를 우리에게 건넨다. 기존 팬뿐만 아니라 새로운 독자도 게일의 목소리에서 편안함을 느낄 것이다.

_〈보스턴글로브〉

희망을 전하는 여정으로…… 이 책은 전혀 예기치 못한
상황에서 우리를 지탱해주는 것들에 찬사를 보낸다.

_〈우먼스데이〉

세상을 보는 사려 깊고 폭넓은 시선으로 콜드웰은 우리
마음에서 일어나는 변화를 능숙하게 탐구한다.

_〈커커스리뷰〉

'나이 먹는 건 나약한 이는 못 할 짓'이라는 말이 있다. 그
누구도 퓰리처상 수상 작가 콜드웰을 두고 나약하다고
말하지 않을 것이다. 인생을 바꿀 만한 여행에서 참고할
로드맵은 없었을지 모르나, 견딜 힘이 있다는 걸 콜드웰
은 깨달았다.

_〈북리스트〉

작은 것들이 결국 얼마나 중요한지 잘 보여주는 책이다.
새로운 인생이 시작되었고, 그는 인생을 끌어안았다.

_〈북페이지〉

예기치 못한 기회에 감사함을 표현한 이야기로 독자의
마음을 움직인다.

_〈리치몬드타임스-디스패치〉

콜드웰은 인생이 던진 장애물에 불굴의 용기와 결단력
으로 맞선다.

_〈퍼블리셔스위클리〉

New Life, No Instructions